Bianca™

Aventura de amor en el Caribe

Anne Mather

HARLEQUIN™

Editado por HARLEQUIN IBÉRICA, S.A.
Núñez de Balboa, 56
28001 Madrid

AVENTURA DE AMOR EN EL CARIBE, N.º 1986 - 17.3.10
Título original: His Forbidden Passion
Publicada originalmente por Mills & Boon®, Ltd., Londres.

I.S.B.N.: 978-84-671-7808-1
Depósito legal: B-2091-2010
Editor responsable: Luis Pugni
Preimpresión y fotomecánica: M.T. Color & Diseño, S.L.
C/ Colquide, 6 portal 2 - 3º H. 28230 Las Rozas (Madrid)
Impresión y encuadernación: LITOGRAFÍA ROSÉS, S.A.
C/ Energía, 11. 08850 Gavá (Barcelona)
Fecha impresion para Argentina: 13.9.10
Distribuidor exclusivo para España: LOGISTA
Distribuidor para México: CODIPLYRSA
Distribuidores para Argentina: interior, BERTRAN, S.A.C. Vélez Sársfield, 1950. Cap. Fed./ Buenos Aires y Gran Buenos Aires, VACCARO SÁNCHEZ y Cía, S.A.
Distribuidor para Chile: DISTRIBUIDORA ALFA, S.A.

Capítulo 1

CLEO estaba casi segura de que había visto antes a esa mujer. No sabía dónde o cuándo, o si era algo real o imaginado, pero hubo una extraña sensación de familiaridad cuando la miró que no quiso dejar pasar.

Agitó la cabeza impaciente. Algunas veces era demasiado sensible para su propio bien. Pero no había duda de que la mujer la había estado mirando desde que se había puesto a la cola, así que quizá por eso podía resultarle familiar. Quizá le recordaba a alguien que conocía.

Seguro que había una explicación inocente. Que no le gustara que la mirasen no significaba que esa mujer fuese una amenaza. Pagó la leche que había ido a comprar y decidió ignorar el escrutinio, así que casi dio un salto cuando la mujer se dirigió a ella.

–Es la señorita Novak, ¿no? –preguntó bloqueándole el paso–. Me alegro tanto de conocerla, por fin. Su amiga me ha dicho que podrían encontrarla aquí.

Cleo frunció el ceño. Sólo podía referirse a Norah. Lo que significaba que esa mujer debía de haber pasado primero por su apartamento. Suspiró. ¿En qué había pensado Norah diciéndole a una completa extraña dónde podía encontrarla? Con la cantidad de cosas raras que pasaban esos días, habría esperado que tuviera más criterio.

–Lo siento –dijo en contra de su buen juicio–. ¿Debería conocerla?

La mujer sonrió y Cleo se dio cuenta de que era mayor de lo que parecía desde lejos. Había pensado que andaría por los cuarenta, pero de cerca pensó que serían los cincuenta. El pelo corto color cobre engañaba, pero la figura delgada y las finas piernas no.

No era muy alta. Tenía que inclinar la cabeza para mirar a los ojos a Cleo. Pero estaba maquillada con habilidad, la ropa manifiestamente cara y lo que le faltaba de estatura lo suplía con presencia.

–Perdone –dijo con un acento vagamente trasatlántico, arrastrando a Cleo fuera de la tienda con el sencillo gesto de seguir hablando con ella–. Debería haberme presentado. No nos conocemos, querida. Soy Serena Montero, la hermana de su padre.

De todo lo que podía haber dicho, eso era lo que menos se esperaba, pensó incrédula. La miró un segundo. Después, recobrándose un poco, dijo con una mezcla de alivio y diversión:

–Mi padre no tenía ninguna hermana, señora Montero. Lo siento –empezó a andar–. Me temo que se equivoca.

–No creo –dijo Serena Montero, si ése era realmente su nombre, agarrándola de la manga de la chaqueta de lana–. Por favor –rogó–. Escúcheme un momento –suspiró y soltó la manga cuando Cleo le miró la mano–. El nombre de su padre era Robert Montero...

–No.

–... y nació en la isla de San Clemente, en el Caribe, en 1956.

–Eso no es verdad –la miró impaciente y después añadió con resignación–: Bueno, sí, mi padre nació en San Clemente, pero no estoy segura de la fecha, y se llamaba Henry Novak.

–Me temo que no –la agarró de la muñeca, en esa ocasión con firmeza, mientras la miraba a los ojos–.

No le estoy mintiendo, señorita Novak. Sé que siempre ha pensado que Lucille y Henry Novak eran sus padres, pero no lo eran.

Cleo no podía creer lo que estaba pasando.

–¿Por qué hace esto? –exigió–. ¿Por qué insiste en que ese hombre, Robert Montero, su hermano, es mi padre?

–Era –corrigió Serena con tristeza–. Robert era su padre. Murió hace unos años.

–Es una afirmación ridícula y usted lo sabe.

–Es la verdad –Serena era inflexible y se resistía a los esfuerzos de Cleo por cortar el tema–. Créame, señorita Novak, cuando mi padre, su abuelo, me dijo lo que pasó, yo tampoco quise creerlo.

–Bueno, ahora lo entiendo –dijo en tono grave–. No se preocupe, señora Montero. Evidentemente su padre sufre de alucinaciones. Desafortunadamente mis auténticos padres murieron en un accidente de tren hace seis meses, si no se lo habrían dicho ellos mismos.

–Sí, sabemos lo del accidente –Serena estaba llena de sorpresa–. Ahí fue cuando mi padre se enteró de que usted estaba viva –hizo una pausa–. Y no tiene alucinaciones. Por favor, Cleo, ven a tomar algo conmigo y deja que te explique...

–¿Cómo sabe mi nombre? –dijo dando un paso atrás, y esa vez Serena la soltó.

–¿Cómo crees? –empezaba a parecer aburrida–. Es Cleopatra, ¿verdad? –al ver la confirmación en los ojos de Cleo, añadió–: Era el nombre de tu abuela materna. Se llamaba Cleopatra Dubois y su hija, Celeste, fue tu madre. Celeste Dubois era una de las mujeres más hermosas de la isla –la valoró con la mirada–. Dudaba si decirlo, pero te pareces a ella.

–¿Era negra?

–¿Importa? –frunció el ceño.

–Sólo una persona blanca haría esa pregunta –dijo Cleo sacudiendo la cabeza–. Sí, importa.

–Vale, pues sí. Supongo que era negra. Su piel era... color café. No negra exactamente, pero tampoco blanca.

Ya estaba bien. Cleo decidió no seguir escuchando. Si la descripción de su así llamada madre había pretendido apaciguarla, había fracasado completamente. Estaba acostumbrada a la insultante adulación. Normalmente procedente de los hombres, era cierto, pero había tenido que enfrentarse a ello toda su vida.

–Mire, tengo que irme –dijo pensando que, si había algo de verdad en lo que le decía, habría oído algo antes.

Sus padres no habían sido unos mentirosos, dijera lo que dijera Serena Montero. Y ella los había querido demasiado como para aceptar de buen grado semejante sugerencia. Además, había sido la única albacea de su testamento y no había encontrado en él nada que le hubiera hecho sospechar. Salvo esa fotografía, recordó de pronto casi sin querer. En su momento le había dedicado poca atención. Era una fotografía de su madre con otra mujer, una mujer que había pensado se parecía mucho a ella. Pero no había escrito en el reverso nada que dijera quién podía ser. Y lo había dejado pasar. Habría cientos de personas que se parecerían a ella.

Como Serena Montero...

Desechó esa idea y para su sorpresa la mujer ya no trató de retenerla.

–De acuerdo –dijo finalmente–. Soy consciente de que ha sido tanta conmoción para ti como lo fue para mí.

En eso tenía razón, pensó Cleo, pero no lo dijo en voz alta. No era tan tonta como para pensar que aquello sería el final del asunto.

–Necesitas tiempo para asimilar lo que te he contado –dijo Serena mientras se ponía unos suaves guantes sobre los dedos llenos de anillos–. Pero no te tomes demasiado tiempo, ¿vale, querida? Tu abuelo se está muriendo. ¿Vas a negarle su última oportunidad de conocer a su única nieta?

Cleo volvió al apartamento que compartía con Norah Jacobs media hora después.

Lo normal era tardar cinco minutos desde el supermercado, pero se había dado un paseo por el parque para pensar.

En cualquier otro momento nada la hubiera convencido de entrar sola en el parque después del anochecer, pero en ese instante no pensaba con mucha coherencia. Le acababan de decir que sus padres, las dos personas en el mundo de las que siempre había pensado que podía confiar, le habían mentido sobre su identidad. Que en lugar de estar sola en el mundo, como había creído, tenía una tía y un abuelo... y quién sabía si alguien más. Además eran... bueno, blancos.

No quería creerlo. Quería que las cosas volvieran a ser como eran antes.

Si no hubiera ido al supermercado...

Eso era una tontería. Tarde o temprano la señora Montero la hubiera abordado.

¿Por qué habría hecho algo así? ¿Qué ganaba con ello? No le había parecido la clase de mujer que abordaba a una completa extraña. A menos que su padre se estuviera muriendo realmente y tuviera una agenda oculta que aún no le había revelado.

Norah la esperaba en el estrecho salón del apartamento. A la casa le faltaba espacio por todos los lados, pero los alquileres en esa zona de Londres eran prohibitivos y Cleo había decidido compartir gastos con ella.

Norah era rubia y guapa y con tendencia a engordar. Exactamente lo contrario que ella. Pero eran amigas desde la escuela y, a pesar de las limitaciones de espacio, normalmente se llevaban muy bien. Sin embargo, en ese momento, Norah parecía ansiosa.

–¡Has llegado! –exclamó aliviada cuando Cleo abrió la puerta–. Estaba preocupada. ¿Dónde has estado? –alzó las cejas mientras Cleo entraba en la zona más iluminada del salón–. ¿Pasa algo? Parece como si hubieses visto un fantasma.

Cleo sacudió la cabeza sin decir nada, pasó al lado de su amiga y rodeó la barra que separaba la cocina del salón para meter la leche en la nevera.

Después se volvió a mirarla.

–¿Por qué demonios le has dicho a una completa extraña dónde estaba?

–Oh... –Norah se ruborizó–. Así que te ha encontrado.

–Si te refieres a Serena Montero, sí.

–¿Serena Montero? ¿Se llama así? –trató de relajar la conversación, pero no lo consiguió–. Bueno, me dijo que era tu tía –se excusó–. ¿Qué podía decirle? No me pareció una estafadora.

–Como si pudieras darte cuenta de eso –dijo seca. La incapacidad de Norah para encontrar un hombre decente era legendaria. Volvió al salón y se dejó caer en el sofá–. Sinceramente, Norah, pensaba que tenías más sentido común.

–¿No es tu tía?

–No, no es mi tía –afirmó con más fuerza que convicción–. Pero ¿te hizo algo pensar que podía ser así? Sé sincera, ¿parezco la sobrina de Serena Montero?

–Podría ser. De hecho, aunque tú eres más alta, tienes rasgos similares –hizo una pausa–. Montero es un nombre español, ¿no?

–No lo sé. Creo que vive en el Caribe, así que podría ser –estaba impaciente–. Pero mis padres eran negros, Norah, no españoles. Eso lo sabes.

Se encogió de hombros reacia a recordar las ocasiones en que se había cuestionado su identidad. No se parecía mucho a sus padres y se había preguntado si alguno de los dos tendría sangre latina. Pero esas preguntas había decido dejarlas a un lado. No podía creer que la hubieran mentido. Los quería demasiado para eso.

–Bueno... –dijo Norah filosófica–. ¿Qué más te dijo? Tiene que haber alguna conexión para que haya venido hasta aquí.

–No hay ninguna relación –dijo exasperada–, pero al ver la indignación de Norah, siguió–: Vale. Dice que mis padres no eran mis auténticos padres. Que mi padre biológico se llamaba Robert Montero –hizo una pausa–. Su hermano.

–¡Oh, Dios!

–Sí, eso –sintió una súbita aprensión al pensar que pudiera ser cierto–. Por eso estaba un poco... alucinada cuando he llegado. Supongo. No sucede todos los días que alguien te dice que las cosas no son como siempre has pensado.

–Pero tú crees que miente... –se mordió el labio.

–¡Pues claro! –la miró cargada de sentimiento–. Por supuesto que miente. ¿Cómo puedes preguntarme algo así? Conociste a mis padres. ¿Te parecieron la clase de personas que ocultarían un secreto semejante?

–Bueno, no –suspiró–. Aun así, muchas veces he pensado que no te parecías nada a ellos, Cleo. Vale, ya sé que tu piel es más oscura que la mía, pero tú no eres rubia, ¿no? Tienes un precioso pelo negro liso.

–No sigas por ahí, Norah.

Cleo se puso en pie bruscamente y se dirigió al pequeño dormitorio que Norah había decorado para ella cuando se había mudado.

No quería considerar que pudiera haber ni una pizca de verdad en lo que le había dicho Serena Montero. Eso haría pedazos su vida.

Debería haberle preguntado más cosas, reconoció. Debería haberle pedido pruebas.

En lugar de eso, se había limitado a negar una afirmación que, mirado en retrospectiva, podía significar algo. Quizá no fuera cierto lo que Serena decía, pero tenía que haber alguna razón para que se hubiera puesto en contacto con ella.

Dominic Montero miraba por la ventana en la planta cuarenta de su hotel cuando Serena entró en la habitación. Las luces de la ciudad brillaban a sus pies, una ruidosa metrópoli muy distinta de la finca de su familia.

El sistema de retención automática de las puertas evitó que golpearan a Serena al cerrarse, pero el juramento que dejó escapar hizo que su sobrino se volviera a mirarla con sus ojos verdes.

–Debe de haber ido bien –señaló mientras Serena cruzaba la habitación en dirección a una bandeja de bebidas. La miró servirse un vodka con hielo y llevárselo a los labios antes de añadir–: Doy por sentado que la has encontrado.

Serena se bebió la mitad de la copa antes de responder. Después dijo tensa:

–Sí, la he encontrado –sus ojos azules brillaron–. Pero ya puedes ir tú a verla la próxima vez.

Dominic metió los pulgares en los bolsillos traseros

del vaquero y se balanceó sobre los tacones de las botas de cuero.

–Así que habrá una próxima vez –dijo en tono desenfadado–. ¿Lo has arreglado ya?

–No –Serena era testaruda–. Pero uno de nosotros tendrá que hacer de tripas corazón, ¿no? Tu abuelo se va a llevar un berrinche.

Dominic arqueó las cejas con gesto interrogativo y Serena pensó, no por primera vez, en que era un hombre muy atractivo. Sintió una punzada de resentimiento. Pasase lo que pasase, su padre jamás le echaría la culpa a él.

Casi desde el primer momento en que su hermano, Robert, había encontrado a un niño, Dominic, deambulando por las calles de Miami con apenas tres años, siempre había sido así. Dominic era el más afortunado de los seres: el nieto favorito.

El único nieto conocido, pensó irritada. Aunque su hermano estaba casado desde el principio de la veintena, ella nunca lo había hecho. Había tenido ofertas de joven, pero la prematura muerte de su madre cuando ella era adolescente había hecho que se ocupara de su padre y nunca había mirado atrás.

Al descubrir que su hermano había tenido una aventura adúltera con Celeste Dubois se había venido abajo. Siempre había pensado que estaban muy unidos. Había sufrido mucho su muerte. Pero hacía poco tiempo, su padre le había revelado las circunstancias de la aventura y como él, y sólo él, había ayudado a Robert a mantener la existencia de la niña en secreto.

Sacudió la cabeza y Dominic pensó que sabía lo que ella pensaba. Sabía que jamás perdonaría a Robert por engañarla a ella y a su madre adoptiva, Lily. El que Lily no pudiera tener hijos había hecho mucho más sencilla su adopción.

Y él era consciente de la suerte que había tenido por disfrutar de unos padres tan amorosos. Su madre biológica nunca lo había querido y había sido feliz cuando alguien se había ofrecido para asumir esa responsabilidad.

Había tratado de encontrar a su madre una vez cuando era adolescente y había sentido curiosidad por conocer sus raíces. Pero había descubierto que había muerto de una sobredosis semanas después de que a él lo adoptaran. Había tenido mucha suerte de que lo encontrara Robert.

Quizá por eso contemplaba la situación en curso con mucha menos angustia que Serena. Ciertamente había sido una conmoción para todos, sobre todo para su madre quien, como Serena, había confiado completamente en su marido.

E iba a ser difícil para ella. El viejo, su abuelo, tenía muchas respuestas que dar después de hacer aparecer a la chica después de tantos años tras la muerte de Robert. Debía de haber sufrido un ataque de conciencia, pensó Dominic, tras el descubrimiento de que padecía un cáncer de próstata.

–¿Por qué va a tener un berrinche mi abuelo? –preguntó, y Serena se volvió a mirarlo.

–Porque es la viva imagen de su madre –respondió escueta–. ¿Sabes? Me enteré que Celeste había tenido un bebé, pero jamás pensé que fuera la hija de Robert.

–Es evidente que nadie lo hizo. Salvo, quizá, el abuelo.

–Oh, sí, él lo sabía –dijo amarga–. Pero ¿cómo pudo Robert hacer algo así a Lily? Pensaba que la amaba.

–Sé que la amaba –dijo Dominic en tono suave–. Esa mujer, Celeste... sería sólo una locura momentánea.

–Una locura sexual momentánea –no quería transigir–. O quizá una forma de demostrar que no era impotente, ¿no? –se dejó caer en uno de los sillones que flanqueaban la chimenea–. ¿Cómo pudo, Dom? ¿Le harías tú algo así a una mujer a la que amas?

–Esto... no –estaba indignado–. Pero no hablamos de mí, Serena. Y tu hermano está muerto. Alguien tiene que defenderlo. No era un mal hombre, por Dios. ¿Puedes juzgarlo menos duramente?

–No es fácil.

–De todos modos, dudo mucho que Robert aprobase lo que está haciendo tu padre –Dominic era persuasivo–. Y yo me atrevería a decir que él pensaba que lo que hizo estaba bien.

–Hacer desaparecer las pruebas, ¿no?

–Oh, Rena... –se acuclilló al lado de ella–. Seguro que hizo lo mejor para la niña. Su madre estaba muerta y dudo que mi madre la hubiera aceptado en la familia.

–Yo también lo dudo –reconoció–. ¿Qué te hace pensar que Lily lo vivirá de otra manera ahora?

Dominic suspiró y se irguió.

–Dudo que lo haga –admitió–, pero no depende de ella, depende de tu padre, ¿no?

–Bueno, creo que todo esto es muy desagradable. No sé cómo conseguí contenerme cuando esa... chica ignorante no me creyó –resopló–. No tiene ni idea de lo que se le ofrece.

–Quizá no le importe –sugirió tranquilo–. Bueno... ¿has conseguido convencerla?

–No lo sé –se levantó para servirse otra copa y volvió al sillón–. Pensará en lo que le he dicho, pero tampoco me importa mucho. No es lo que yo esperaba.

–¿Porque parece una Dubois? –dijo, y Serena se volvió indignada a mirarlo.

–Puedes pensar eso –dijo enfadada–. Eres un hombre. Los hombres siempre se vuelven locos por las Dubois. O eso he oído –suspiró–. Pero lo acepto, vale, puede que esté un poco celosa. Una cosa es segura: no se parece a Robert.

–¿Nada?

–Bueno, claro, algo sí –admitió–. Tiene su nariz y sus manos y su altura.

–¿Pero es negra?

–No –se movió un poco incómoda–. Bueno, no del todo. Es... guapa. Alta, delgada y morena y guapa. Como su madre, ya te lo he dicho.

Dominic no pudo evitar sonreír.

–No sorprende que no te guste –bromeó, y su tía también sonrió.

–Es una arrogante –se defendió–. Parecía que me hacía un favor cuando me hablaba.

–Querida... –se estaba divirtiendo–. Afrontémoslo, eres una completa extraña para ella. Seguramente desconfía de tus motivos.

–Cree que los Novak eran sus padres de verdad.

–Bueno, yo también lo creería –se encogió de hombros–. Son los únicos padres que ha conocido. Los últimos veintitantos años no ha sabido que tuviera más parientes.

–Veintidós años –dijo Serena pedante–. Tú tendrías siete u ocho cuando nació.

–Ahí tienes la razón.

–¿Pero no habrá tenido dudas?

–Los niños tienden a creer lo que les dicen sus padres –dijo en tono razonable–. A menos que los pillen en una mentira. Tampoco debe de haber sido fácil para los Novak.

–No eran pobres –señaló Serena–. Según mi padre, Robert les entregó una pequeña fortuna para que se llevaran a la niña a Inglaterra y la hicieran pasar por propia.

–Hay más problemas que los económicos –señaló seco, pero ella no le escuchaba.

–Ya habían arreglado las cosas para emigrar –continuó–. Y el dinero fue un extra –sonrió–. Supongo que la muerte de Celeste en el parto hizo más fácil a Robert escapar de las consecuencias de sus actos.

Dominic decidió no seguir incidiendo en el tema. Serena jamás reconocería que ni su hermano o los Novak habían actuado bien.

Dudaba que hubiera resultado fácil a su padre renunciar a su hija, aunque fuera por salvar su matrimonio. Se habría arrepentido muchas veces, por mucho que amara a su esposa.

–Bueno, ahora está en tus manos, cariño –dijo Serena con malicia–. He hecho todo lo posible, pero es evidente que no ha sido suficiente. Esperemos que tú tengas más éxito.

Capítulo 2

CLEO se abotonó el cuello de la chaqueta de cuero y se envolvió en una bufanda azul y verde. No tenía sentido hacer como que no se iba a quedar congelada viendo un partido de rugby. A pesar de que Eric le había prometido que estarían protegidos por un tejado, no había ninguna clase de calefacción.

¿Por qué había accedido a ir con él? No quería que sacase una impresión errónea sobre su relación. Era un buen amigo. Un buen vecino. Nada más.

La verdad era que desde la visita de Serena Montero pasaba todas las tardes nerviosa, esperando que sonara el timbre de la puerta. Aunque habían pasado tres días desde el encuentro en el supermercado, no podía creer que esa mujer no volviera a intentarlo. Y una tarde fuera, incluso en un partido de Rugby con Eric era mejor que quedarse en casa sola.

Norah tenía una cita. No llegaría a casa hasta tarde y ella, profesora de una escuela infantil, llegaba a casa a las cinco.

Después de ponerse unas botas con borrego por dentro, pensó en ponerse un gorro de lana que había encima de la mesa. No era muy bonito, estaba pensado para ser cómodo y dar calor.

Pero tampoco quería que Eric pensase que era una endeble. Y el gorro de lana de raros, pero al mismo tiempo...

Con un bufido agarró el gorro y se lo puso en la cabeza. Siempre podría decir que lo llevaba para sujetarse el pelo, pensó mientras se miraba insatisfecha en el espejo. Tenía el pelo largo y era difícil mantenerlo fuera de la cara, aunque lo llevara recogido en una coleta.

Al menos nadie podría decir que estaba guapa. Más bien lo contrario. Sonrió y se propuso no pensar en lo que le había dicho la señora Montero.

Sonó el timbre a las seis y media y no sintió la aprensión de los días anteriores. Era Eric unos minutos antes, vivía en el apartamento de arriba.

–¡Espera! –gritó agarrando el bolso y metiéndose el móvil en un bolsillo. Abrió la puerta–. Ya estoy lis..

Pero no era Eric. Era alguien que no conocía y sintió un momento de pánico. A esas horas los hombres no llamaban a las puertas. Menos los altos, morenos, con ojos profundos y afilados pómulos. No era un hombre especialmente guapo. Sus facciones eran demasiado ásperas, demasiado masculinas, aun así, era perturbadoramente atractivo. Y eso no era bueno.

–Eh... –le falló la voz al ver sus ojos... verdes, observó. Carraspeó, y dijo–: ¿Puedo hacer algo por usted?

–Eso espero.

Su voz era suave y sensual.

Se le hizo un nudo en el estómago. No estaba acostumbrada a reaccionar de ese modo con los hombres. Tenía que estar buscando a Norah, pensó. Desde luego ella no lo conocía.

–Tú debes de ser Cleopatra –dijo apoyándose en el marco de la puerta.

El movimiento hizo que se abriera su abrigo de cachemir y dejara ver un traje italiano que seguramente costaría más de lo que ella ganaba en un año.

Al oír el nombre con que se había dirigido a ella un

escalofrío le recorrió la espalda. Nadie sabía que se llamaba Cleopatra. Nadie excepto Serena Montero. Ese hombre tenía que estar relacionado con ella.

–¿Quién... quién es usted? –se arrancó el gorro de la cabeza y se lo metió en el bolsillo–. Estaba a punto de salir.

–Tenía esa impresión –dijo con una sonrisa–. Supongo que he llegado en mal momento.

Cleo apretó los labios un momento, y dijo:

–Si... si lo manda la señora Montero, nunca será un buen momento –dijo.

El hombre quitó la mano del marco de la puerta y se puso derecho.

–Doy por sentado que no te gusta Serena –comentó seco.

–Ni me gusta ni me disgusta –dijo sin ser sincera del todo–. Y me llamo Cleo, no Cleopatra.

–Ah –miró al interior de la casa antes de mirarla a ella–. Bien, Cleo... te guste o no, antes o después tenemos que hablar.

–¿Por qué?

–Creo que conoces la respuesta tan bien como yo –respondió sin entonación.

–¿Porque un viejo dice que soy la hija de su hijo? –dijo tensa–. No creo.

–No –sacudió la cabeza–. No sólo porque mi abuelo diga eso...

–¿Su abuelo? –sintió como si el suelo se abriera a sus pies–. ¿Es... es el hijo del hijo de la señora Montero?

Él se echó a reír. Cleo pensó irritada que ese hombre estaba demasiado seguro de sí mismo.

–No –dijo él con una sonrisa–. Me llamo Dominic Montero, Serena es mi tía.

–Ya.

–Y la tuya también –añadió–. Robert también era mi padre.

Cleo no podía hablar. ¿Ese hombre era su hermano? No podía creerlo. No quería creerlo.

–Eso es imposible –consiguió decir finalmente.

–Sí, bueno, pero así es como es –se encogió de hombros–. Vete acostumbrando.

–No puede ser cierto...

–¿Cleo?

Jamás se había alegrado más de oír a Eric. El joven apareció por las escaleras.

–¿Va todo bien? –preguntó acercándose a ellos.

Cleo pensó que podía haber oído algo de la conversación. Eric miraba desconfiado al hombre que estaba en su puerta, pero sólo era una bravuconada. Debía medir al menos quince centímetros menos que Montero y en un enfrentamiento físico dudaba de que tuviera alguna posibilidad. Aun así...

–Sí, Eric –dijo agradeciendo su interés–. Éste es el señor Montero y ya se iba.

Dominic se sintió momentáneamente irritado. Serena tenía razón, pensó impaciente. Cleopatra, Cleo, o como se llamase, era arrogante. Y testaruda. Le estaría bien empleado que su tía y él se olvidasen del asunto.

Pero no tenía sentido pensar que su abuelo cejaría en su empeño. No era esa clase de hombre.

–¿Estás lista, Cleo? –preguntó Eric.

Ese hombrecillo resultaba impertinente al interponerse entre los dos, como si tuviera derecho a estar allí. Tuvo que morderse la lengua para no cometer un error. Si quería volver a hablar con ella, tenía que comportarse de un modo civilizado.

–De acuerdo –dijo dando un paso atrás–. Disfruta de la tarde... Cleo. Ya hablaremos cuando tengas más tiempo.

Se alejó bajando las escaleras sin volverse a mirar y Cleo suspiró. Estaba deseando que se marchara, ¿por qué entonces esa sensación de frustración? ¿Por qué le importaba haber sido tan poco amable?

–¿Estás bien, Cleo?

–Sólo un malentendido –dijo volviéndose a poner el gorro–. ¿Vamos?

–¿Quién era ese hombre? –preguntó mientras ella apagaba la luz y cerraba la puerta–. ¿Trabajaba para las autoridades de educación?

Cleo pensó un momento y dudó si sería mejor hacer pasar a Dominic por alguien relacionado con el trabajo. Pero no, no se le daba bien mentir.

–No tiene importancia –dijo empezando a bajar las escaleras–. Espero que no llueva, no llevo paraguas.

Cleo vio el coche en cuanto salió de la escuela la tarde siguiente.

Empezaba a oscurecer. Lloviznaba y el enorme todoterreno a la entrada del patio resultaba siniestro. Lo niños ya se habían marchado, así que no era alguien que persiguiera a los niños.

Abrió el paraguas y lo inclinó para no poder ver el coche. Salió a la acera y se dirigió a la parada del autobús. Había ajustado su hora de salida con el paso del autobús.

El coche miraba en la otra dirección, así que, si el autobús llegaba a su hora, no le daría tiempo a girar. Pero no había contado con que fuera marcha atrás.

Aceleró el paso. No quería correr aunque el cuerpo se lo pedía.

El coche se detuvo justo delante de ella, se abrió la puerta del conductor y se bajó un hombre. Un hombre alto con vaqueros y una chaqueta encima de una camiseta negra. Le resulto conocido y desconocido. Agarró el bolso con las dos manos sobre el pecho en busca de protección.

–Hola –dijo aparentemente indiferente a la lluvia que mojaba su cabello. Rodeó el coche para bloquearle el paso–. Lo siento, ¿te he asustado?

Cleo resopló nerviosa.

–No. ¿Por qué piensa eso? –preguntó sarcástica–. Suelo ser acosada por extraños a la salida del colegio.

–No te estoy acosando.

–¿Cómo llama a esto entonces?

–Te estaba esperando –dijo en tono amable–. Vamos, te llevaré a casa.

–No hace falta.

–Maldita sea, ya sé que no hace falta –exclamó tenso. Respiró hondo para calmarse–. Vale, ¿qué prefieres hacer? ¿Ir a un pub a beber algo? ¿Volver conmigo al hotel y hablar con Serena? A mí me da lo mismo.

–¿Qué pasa si no quiero hacer nada de eso? –preguntó consciente de su tono infantil.

–Oh, por favor... –contó hasta cinco antes de seguir–. Así no vamos a ningún sitio, Cleo. Tu abuelo tiene un cáncer terminal. ¿Quieres que se vaya a la tumba sabiendo que su única nieta era demasiado testaruda, demasiado orgullosa, para admitir que estaba equivocada?

–No –dijo tras mirarlo de un modo desafiante.

–¿Entonces qué?

–¿Qué quieres decir?

–Tu casa, un bar, el hotel... Tú decides –miró a su alrededor–. Decídete, me estoy empapando.

Cleo dudó. Si iban a su apartamento, existía el riesgo de que Norah volviera antes y aún no había podido siquiera hablarle de la visita de la tarde anterior.

Pero tampoco quería ir a su hotel, ¿qué pasaba si Serena no estaba allí? Eso le preocupaba más de lo que quería reconocer.

–Bueno... quizá podríamos beber algo –dijo finalmente en un murmullo.

–Vale –dijo él–. ¿Dónde? ¿Hay algún sitio cerca de aquí?

–No, aquí no –dijo rápidamente.

–¿No?

–No te gustaría ninguno de los pubs de por aquí –dijo firme.

No quería explicarle a ningún colega qué hacía en un pub con ese extraño tan atractivo.

–¿Dónde, pues?

–Hay un hotel en el siguiente cruce, ¿allí?

–Guíame –abrió la puerta del acompañante–. ¿Quieres entrar?

–Oh... sí, gracias –cerró el paraguas y se subió al coche.

Olía deliciosamente a cuero. También a la loción de Dominic. Era algo sutil, pero creaba un ambiente íntimo alrededor que hizo que se sintiera incómoda y se moviera en el asiento.

–¿Algún problema?

Dominic había notado su movimiento y Cleo sacudió la cabeza convulsivamente.

–Sólo me ponía cómoda –murmuró.

Decidió concentrarse en el vehículo. Era soberbio, cómodo y casi sintió disfrutarlo tan poco tiempo. Pero quizá era mejor así. Estaba demasiado pendiente del hombre de su lado.

¡Su hermano!

Pero no, tenía que haber alguna otra explicación. Una mirada subrepticia en dirección a Dominic le aseguró de que no había ningún parecido. Ambos tenían el cabello oscuro, por supuesto, pero eso le pasaba a un tercio de la población. Y el color de su piel podía deberse al sol del Caribe, mientras que el suyo...

–¿Es ése el sitio que decías?

Apenas había sido consciente del desplazamiento del coche, mucho menos de que se había detenido frente al hotel.

–Sí... –dijo recomponiéndose un poco–. Yo... no puedo quedarme mucho tiempo. Tengo mucho que hacer esta noche.

Dominic no hizo ningún comentario. En lugar de eso, entró en el aparcamiento del hotel, abrió la puerta y sacó sus largas piernas del coche. Cleo lo imitó y él cerró la puerta de ella cuando hubo salido. Apretó un mando a distancia para cerrar el coche.

Cleo sólo había estado una vez en ese hotel con ocasión de la boda de una amiga.

Pensó que igual no había sido la mejor idea llevar allí a un hombre como Dominic. Seguramente no estaría a la altura de lo que él acostumbraba.

–¿Entramos al bar? –preguntó ella con una confianza que estaba lejos de sentir–. Supongo que podremos tomar un té o un café.

–¿Té o café? –hizo una mueca–. Bueno, si es eso lo que quieres...

–Eso es –dijo en tono firme–. Yo no bebo, señor Montero.

Echó a andar y él la siguió. No pudo evitar darse cuenta de las miradas que atrajeron de las mujeres del servicio. Se estarían preguntando qué hacía un tipo así con una mujer como ella.

Incluso con ropa informal exudaba un aire de fuerza y autoridad que era difícil ignorar. Sin embargo ella, con un suéter verde oscuro, pantalones caqui y una parca naranja se sentía, y probablemente era lo que parecía, como si estuviera fuera de lugar.

Por suerte el bar estaba casi vacío a esa hora. Cleo eligió una mesa claramente visible desde la barra y cerca de la puerta. Se acercó una camarera que ni parpadeó cuando Dominic pidió dos cafés.

–¿Está bien así? –preguntó sentado frente a ella–. No puedo decir que sea muy aficionado al té.

–Café está bien –dijo Cleo tensa–. Gracias.

–Ningún problema –respondió jugueteando con un posavasos–. Bueno... –arqueó las cejas–. ¿Has pensado en lo que te dije?

–Sí. He pensado en ello –admitió.

–¿Y?

–Y no veo cómo lo que cuenta puede ser verdad –empezó con cuidado.

–¿Por qué no?

–Eh... –se humedeció los labios–. Si usted y yo somos lo que se supone que somos... hermanos, no nos parecemos mucho, ¿no?

¿Por qué había elegido justamente esa forma de empezar la conversación? Era patético.

–Bueno, eso se explica fácilmente –se recostó en el respaldo y la miró–. Yo soy adoptado. La mujer de tu padre no podía tener hijos.

–¿Puede dejar de llamarlo mi padre? –exclamó enfadada.

No era su hermano... pero ¿qué más daba eso? Tampoco sería su hermana adoptiva seguramente.

Llegó la camarera con el café y el tiempo que tardó en vaciar la bandeja Cleo lo aprovechó para pensar. ¿Qué se suponía que le respondería? ¿Que la incapacidad de su esposa para tener hijos era lo que lo había llevado a tener una aventura con Celeste Dubois?

Le molestó que el nombre acudiera tan fácilmente a su memoria. Sólo lo había oído un par de veces.

La camarera se marchó. Dominic saboreó su café e hizo una mueca.

–¿Cuándo aprenderán los ingleses a hacer un café decente? –sacudió la cabeza–. Apuesto a que a ti te sale mejor.

–Lo dudo ¿Por qué no me dice por qué cree que los Novak son mis padres auténticos?

Capítulo 3

EN OTRAS palabras, ¿por qué no voy al grano? –sugirió escueto, y ella asintió.

Serena tenía razón, pensó resignado. La señorita Novak era una dama difícil. Y no la iban a distraer unos pocos cumplidos, aunque su expresión la había traicionado cuando había descubierto que no estaban emparentados.

Él no era un hombre vanidoso, pero no había cumplido treinta años sin ser consciente de que las mujeres se fijaban en él. Y a Cleo le gustaba como hombre, se apostaría la vida.

Pero ésa no era la cuestión. Ya había suficientes mujeres en su vida y no tenía intención de hacer lo que su padre había hecho con la madre de ella. Lily Montero no encontraría muy apropiado que mostrara interés por esa chica.

A pesar de eso... era muy atractiva.

–Muy bien –suspiró impaciente–, ¿por qué no me hablas de ti? Antes de entrar en materia, me gustaría saber algo de tu vida con los Novak.

–¿Te refieres a mis padres?

–Eso –accedió–. Con tus padres –hizo una pausa–. ¿A qué se dedicaba Henry... tu padre?

–Tuvo muchos trabajos –dudó–. Fue taxista una temporada, cartero. Cuando mis padres murieron trabajaban para una anciana en Islintong. Les dejó ocupar el sotabanco de su casa a cambio de que le cuidaran el jardín y... bueno, las tareas domésticas.

–¿De verdad?

Dominic frunció el ceño. ¿Qué había pasado con la considerable cantidad de dinero que les había dado su padre? Era evidente que Cleo tenía una buena formación. Pero parecía como si su padre adoptivo no se hubiera dedicado a ningún trabajo durante bastante tiempo.

–Pero ¿tú no vivías con ellos? –preguntó después de un momento.

–¿Eso es importante? –lo miró desafiante–. ¿Por qué quieres saber tanto sobre mí? Pensaba que tendrías todas las respuestas.

–Apenas –su tono fue sincero–. Bueno, vale, lo dejaremos por ahora...

–¿Por ahora?

–Sí, por ahora –dijo endureciendo el tono–. Supongo que debería decirte cómo acabaste viviendo con los Novak, ¿no?

–Si debes.

–Sí, debo –dijo un poco seco–. Porque le des las vueltas que le des, eres la hija de Robert Montero y puedo demostrarlo.

–¿Cómo?

Pareció desconfiada, y Dominic pensó que mejor eso que indiferente. Por primera vez vio en su gesto desafiante una resemblanza de su padre.

Se metió una mano en el bolsillo interior, sacó una hoja doblada y se la tendió. Adivinando lo que podría ser, Cleo la abrió con dedos temblorosos.

Era una partida de nacimiento en la que aparecía Robert Montero en el espacio del padre.

Sin preocuparse de mirar el nombre de la madre o la identidad del niño, le devolvió el papel.

–No es mía –declaró temblorosa–. Mi partida de

nacimiento está entre los papeles que me dejaron mis padres.

–Tu segunda partida de nacimiento –corrigió Dominic–. Mi padre sobornó a las autoridades de San Clemente para que hicieran una segunda partida con el nombre de los Novak –señaló el papel que tenía en la mano–. Pero ésta es la original, créeme.

–¡Es mentira!

–No miento –dijo sombrío–. A diferencia de tu padre, me temo.

–¿Cómo sé que es una segunda partida? –protestó–. Quizá tu padre os mintió también.

Dominic no discutió con ella. La miró desde debajo de las pestañas. Por primera vez Cleo empezaba a preocuparse por las consecuencias de sus acciones. ¿Qué pasaba si Dominic y su tía decían la verdad?

–Hay una cosa que se llama ADN –dijo él con tranquilidad.

–No sé qué decir –musitó finalmente, y vio comprensión en el rostro de él.

–¿Por qué no miras bien esto? –volvió a tenderle la partida–. Celeste insistió en registrarte antes de morir.

Cleo miró reacia el papel que le mostraba. Estaba el nombre de Robert Montero y el suyo, Cleopatra. Había nacido en San Clemente, pero su nacimiento se había registrado en Nassau, New Providence, ambas islas de Las Bahamas.

Alisando el papel con los dedos, dijo:

–Si esto es verdad, ¿por qué tu padre se deshizo de mí?

–Es... complicado –suspiró–. Inicialmente creo que no quería hacerlo. Celeste jamás se lo habría permitido. Pero... –hizo una pausa–. Celeste murió y eso lo cambió todo. Y no había modo de que Robert te hubiera reconocido como su hija si su mujer no podía quedarse embarazada.

–Pero te adoptó a ti –protestó Cleo dolida, y Dominic sintió una punzada de resentimiento hacia el hombre que lo había criado.

–Yo era... distinto.

–Quieres decir que no eras negro, ¿no?

Cleo era muy susceptible y no podía reprochárselo.

–No –dijo finalmente, aunque la identidad de su madre había influido considerablemente en la decisión de Robert–. Celeste Dubois había trabajado para mi padre. Era un ama de llaves extremadamente eficiente y cuando descubrió que estaba embarazada...

–Sí, me hago una idea –le temblaban los labios–. No habría sido bueno para el servicio doméstico enterarse. ¡Qué familia tan deliciosa tiene usted, señor Montero!

–También es tu familia –dijo sarcástico–. Y me llamo Dominic, es un poco tonto llamarme de usted dadas las circunstancias, ¿no crees?

–No sé qué pensar. Me gustaría... –sacudió la cabeza–. Me gustaría que todo esto no hubiera sucedido.

–Bueno, me temo que eso es imposible.

–¿Por qué? ¿Porque mi abuelo se está muriendo? –reprimió un sollozo–. ¿Por qué debería hacer algo por un hombre que ni siquiera ha sabido de mi existencia los primeros veintiún años de mi vida?

–No sabes realmente lo que siente –había reparado en que había dicho *mi* abuelo–. No fue decisión suya enviarte a Londres con los Novak.

–Pero parece que estaba de acuerdo.

–Umm –meditó un momento–. Lo hecho, hecho está. Ya no tiene sentido preocuparse por ello.

–¿Eso se supone que debería consolarme?

–Es un hecho –dijo sin enfatizar–. Puede que te agrade saber que va a resultar un poco conmocionado cuando te conozca.

–¿Por qué? Sabe quiénes eran mis padres.

–¿Quieres dejar de machacarte sobre quienes fueron tus padres? Ellos no importan. Bueno, sólo indirectamente... Quiero decir –se interrumpió–. Eres una mujer guapa, Cleo. Estoy seguro de que ya te lo habrán dicho antes. Pero dudo de que el viejo haya considerado el efecto que vas a provocar en la sociedad de la isla.

–No lo dices en serio –lo miró incrédula.

–¿No?

–Así que... ¿me estás diciendo que también he tenido ese efecto sobre ti? –preguntó en broma.

–Supongo que soy tan sensible a la belleza como el resto de los hombres –concedió irónico–, pero no creo que tu abuelo aprobara una relación entre los dos –sonrió–. Ya no aprueba mi modo de vida tal y como es...

Cleo inclinó la cabeza repentinamente desesperada. Jamás se había sentido menos segura de sí misma y completamente fuera de su ambiente.

Debería haber sabido que él no la encontraría atractiva. Lo que había dicho era sólo amabilidad. Además un hombre como él seguro que tendría novia... ¡novias! Aunque no pudo evitar preguntarse qué clase de mujeres le gustarían.

Una cosa era segura, pensó con amargura, no elegiría a una como ella, alguien que ni siquiera había sabido quiénes eran sus auténticos padres hasta ese día.

–Entonces... ¿me crees?

–¿En qué? –no levantó la cabeza.

–No me tomes el pelo, Cleo. Sabes de qué estoy hablando –hizo una pausa–. Quiero saber cómo te sientes.

–Como si te importara... –murmuró.

–Me importa –dijo impetuoso–. Sé que ha sido duro para ti, pero créeme, no había otra forma de abordar la cuestión.

Ella negó con la cabeza. Después, incapaz de disimular que se le quebraba la voz, musitó:

–Aún no puedo creerlo. Alguien debería habérmelo dicho antes.

–Estoy de acuerdo.

–Pero tú no creías ser la persona adecuada para hacerlo –lo miró.

–¡Yo no lo sabía hasta hace un par de semanas! –exclamó a la defensiva–. Tampoco Serena. Está realmente mosqueada, créeme.

Cleo pensó que la palabra que él habría usado no habría sido tan suave como «mosqueada», pero controlaba su ira.

–¿De verdad estáis... mosqueados? –preguntó sin mirarlo.

–Sólo con la situación –le aseguró–. Supongo que a los Novak les exigirían que mantuvieran tu identidad en secreto. Quizá te lo habrían dicho más adelante, pero no tuvieron oportunidad.

Cleo alzó la cabeza y Dominic pudo ver las lágrimas que inundaban sus hermosos ojos.

–He sido tan tonta –dijo trémula–. Lo siento, es demasiado de una vez...

–Lo comprendo.

A pesar de sí mismo, Dominic sintió que su estado lo afectaba. Estaba tan confusa, era tan vulnerable. Su abuelo no debería haberle hecho el regalo de encargarle esa misión.

–Eh –le enjugó las lágrimas con los pulgares–. No llores.

Apenas fue consciente de lo sensual que había sido su acción hasta que notó el calor de las lágrimas en sus manos. Por fortuna nadie los había visto. Ella lo miró sintiendo lo mismo.

Se puso de pie bruscamente para romper el clima

que se había creado y se abrochó el abrigo sobre el revelador abultamiento de los pantalones con la esperanza de que ella no lo hubiera notado.

Se acercó la camarera por si quería algo. Sí, pensó Dominic grave, un whisky cargado, pero tenía que conducir.

–La cuenta –dijo sacando la cartera y entregándole unos billetes–. Quédese con el cambio –añadió cuando la camarera le iba a decir que era mucho. Después se volvió hacia Cleo–. Si quieres, te llevo a casa.

Cleo controló las lágrimas. No se sentía orgullosa de su reacción, pero era humana. Tampoco podía negar la sensación de calidez que experimentaba en su interior.

Le gustase o no, a Dominic no le resultaba indiferente.

Pero no podía... no debía permitir que aquello fuera a más.

–Me voy en autobús –dijo haciendo como que se servía más café–. No he terminado. Gracias de todos modos.

Podía oírle respirar enfadado mientras seguía de pie a su lado, pero no esperaba que vaciara el contenido de su taza en la cafetera y dijera:

–Ya has terminado. Vamos.

La camarera seguía cerca y Cleo no quería dar un espectáculo. Quería poder volver al hotel.

Salieron en silencio y, cuando llegaron a la calle, Cleo se paró en seco.

–Te he dicho que prefiero irme en autobús –afirmó tensa.

–Y yo he dicho que te llevaré a casa –dijo él dispuesto a no discutir–. Vamos, Cleo. Sabes dónde he aparcado.

Decidió que no tenía sentido pelearse con él. Además a esa hora los autobuses iban llenos. Si insistía en llevarla a casa, ¿por qué no dejarle? Era evidente que no tenía nada más en mente.

Mientras tanto él se esforzaba por poner coto a lo que había pasado en el bar. ¿Qué tenía Cleo para haber provocado esa respuesta sexual en su cuerpo?

Era patético, pensó irritado. No era un chaval como para tener una erección cada vez que una mujer guapa flirteara con él. Pero tenía que admitir que ella lo intrigaba. ¿Cuándo tocar a una mujer de ese modo había provocado en él semejante efecto? Jamás.

Cleo no esperó a que le abriera la puerta. La abrió ella y se sentó con el bolso en el regazo. El pulso le latía en su cabeza como reflejo del calor que sentía entre las piernas. Respiró hondo y trató de concentrarse en el aparcamiento. Varias personas más se marchaban a la vez que ellos mientras que otras llegaban. Quería estar en su casa, a salvo. No quería pensar en Dominic, ni en su abuelo, ni en lo que sentía por los que siempre había pensado que eran sus padres. Sólo quería meterse en la cama.

–Doy por sentado que esta calle nos lleva a Notting Hill –dijo él después de un momento.

–Sí –murmuró ella–. Puedes dejarme en Cheyney Walk, si quieres.

–Creo que sabré encontrar Minster Court –dijo frío, y ella recordó que había estado en su casa–. Sería mejor que me dieras tu número de móvil. Si vas a cumplir el deseo de tu abuelo y venir a San Clemente, habrá cosas que arreglar.

Se le secó la boca. Claro, esperaban que fuera a San Clemente. ¿Cómo iba a hacerlo? Ni siquiera sabía dónde estaba la isla.

–Sobre lo que ha pasado en el pub... –empezó Dominic después de un largo silencio.

–¿Te refieres a que hayas tirado mi café? –interrumpió, pero a él no le hizo gracia.

–No –dijo rotundo–. Olvida el maldito café, sabes a lo que me refiero.

–¿Sí?

–Sí –apretó con fuerza el volante–. Ha sido un error, ¿vale? No debería haberte tocado. Y quiero que sepas que no volverá a suceder jamás.

–Vale –dijo intentando parecer indiferente, y él le dedicó una mirada de frustración.

–Lo digo en serio –insistió–. Quiero que lo sepas: no soy esa clase de hombre.

–Pero sí crees que yo soy esa clase de mujer, ¿no?

–Por supuesto que no –rugió.

–Bueno, olvídalo. Eres mi hermano, ¿recuerdas?

Deseó con todas sus fuerzas ser su hermano, su hermano de verdad. Así no estaría pasando por esa crisis de conciencia.

–No lo he olvidado –su tono era cuidadosamente controlado–. ¿Me das el número? No creo que podamos marcharnos antes de una semana. ¿Tienes pasaporte?

–No me puedo marchar en una semana –protestó–. Tengo un trabajo.

–Pide un permiso –dijo impaciente–. Diles que es una emergencia familiar.

–Como si se lo fueran a creer.

–¿Por qué no?

–¿Por qué crees? Saben que... hace sólo seis meses que he enterrado a mis padres.

–Bueno, supongo que tendrás que decirles la verdad –murmuró sin emoción.

–No puedo hacer eso –lo miró indignada y después miró por la ventanilla–. ¿Cómo voy a convencer al señor Rodgers de algo que apenas me creo yo?

–¿Qué te parece decirle que acabas de descubrir que tienes un abuelo que vive en San Clemente? Supongo que sabe que los Novak eran de origen caribeño.

–Crees que es así de fácil, ¿verdad? Pero es mi vida, mi profesión, la forma en que me gano la vida, no puedo tirarlo todo por la borda por un capricho.

Dominic reprimió el deseo de decirle que, a menos que estuviera muy equivocado, ganarse la vida no iba a ser algo de lo que fuera a tener que preocuparse en el futuro. Jacob Montero era muy rico y no había ocultado que quería enmendar el error de su hijo.

Como Cleo seguía llena de dudas, tuvo que decir algo.

–Siempre puedes pedirte una semana sin empleo y sueldo o una excedencia –murmuró tranquilo.

–No puedo hacer eso –dijo alarmada–. No me lo puedo permitir. Además, ¿qué pensaría la gente?

–¿Eso importa?

–Claro que importa –estaba indignada–. Necesito este trabajo, señor Montero. No quiero que nadie suponga que tengo sueños de independencia, porque además no es verdad.

–No creo que el dinero vaya a ser un problema para ti en el futuro –dijo seco–. Jacob... Jacob Montero es el nombre de tu abuelo, es bastante rico...

–Y tú crees que yo aceptaré su dinero –estaba horrorizada–. No quiero su dinero. En realidad, no quiero tener nada que ver con él. Sólo porque está...

–¿Muriéndose? –sugirió él.

–Supongo que, si le digo al señor Rodgers que necesito esos días por un asunto así..., puede que acceda –se mordió el labio–. No lo sé.

–Bueno, vale la pena intentarlo –observó decido a llevársela a San Clemente de un modo u otro.

Vio a lo lejos el cruce con Minster Court. Había muchas cosas que debería haberle dicho, pensó impaciente. Por ejemplo que su madre adoptiva aún vivía en la Colina de la Magnolia, la finca de la familia, y que ella podía no ser muy bien recibida. Su madre se oponía por completo a la idea de su abuelo.

Que la chica fuera hija de su marido muerto había supuesto una terrible conmoción para Lily. No tenía ni idea de que la hija de Celeste hubiera sido enviada a Inglaterra para evitar que ella descubriera su existencia.

–Puedes pararte aquí –dijo Cleo de repente, y Dominic se dio cuenta de que estaban frente a su bloque.

Él detuvo el coche y ella sacó un bolígrafo y un papel de su bolso y le apuntó su teléfono.

–Aquí tienes –dijo, y luego añadió–: ¿Hay alguna forma de que me ponga en contacto contigo? Sólo por si no puedo conseguir esos días libres.

–Nos alojamos en el Picadilly Freemont –dijo en tono plano–. Pero te llamo en dos días.

–No te preocupes –hizo una mueca–. Si hablo con tu tía, no diré nada que te avergüence.

–Dudo que pudieras –respondió abriendo la puerta del coche, pero ella lo agarró de la manga.

–Quieto, no necesito escolta para entrar a mi propia casa.

–Vale –cerró la puerta y forzó una sonrisa–. Te llamo mañana por la noche.

–Si quieres... –abrió la puerta y salió del coche.

Dominic, tras observarla un momento, se alejó. Sabía que la frustración que sentía era porque tendría que contarle su conversación con Cleo a Serena. Al llegar al hotel, eludió esa responsabilidad y se dirigió al bar.

Capítulo 4

NO FALTA mucho.

Cleo había estado mirando por la ventanilla del avión hipnotizada por el azul del mar. Pero en ese momento se vio obligada a mirar a Serena Montero, que se había sentando en el asiento que había frente al suyo.

–¿De verdad? –dijo sabiendo que «¡qué emocionante!», o «no puedo esperar» habría sido más apropiado.

Pero siendo completamente sincera, no sabía cómo se sentía.

Serena se había cambiado de ropa, notó. Los pantalones de lana que llevaba cuando se había subido al avión de British Airways en Londres habían desaparecido y en ese momento parecía fresca y relajada con unos pantalones de algodón y una blusa de seda.

A Cleo no le sorprendería que también se hubiera duchado. El pequeño aseo del avión era muy lujoso. Muy distinto de los aseos de los vuelos comerciales.

Pero claro, ése no era un avión comercial.

Después de pasar la aduana en Nassau, se habían subido a ese pequeño avión con destino a San Clemente. El avión parecía de Montero Corporation, lo que había sido otra revelación para ella, que aún no se había recuperado de la impresión de viajar en primera clase.

–¿Estás deseando conocer a tu abuelo? –preguntó

Serena como sin importancia, y Cleo se dio cuenta de que la pregunta atrajo la atención de Dominic.

Estaba sentado al otro lado del pasillo frente a unos papeles y un ordenador portátil. No había dejado de trabajar desde que habían salido de Londres.

–Déjalo, Rena –dijo con una mirada de advertencia.

–Es una pregunta perfectamente razonable –se defendió la mujer.

–Sé perfectamente lo que haces –respondió rotundo–. Déjala en paz. Se va a enfrentar a todo en poco tiempo.

–Haces que parezca un castigo –dijo impaciente Serena–. Es su abuelo, por Dios.

–¡Rena!

–¿Desde cuándo te has convertido en su defensor? –exigió–. Apenas nos has dirigido la palabra desde que salimos de Londres.

–He estado trabajando –volvió su atención a los papeles antes de guardar algunos en un maletín; después volvió a mirar a su tía–. ¿Por qué no llamas a Lily y le dices que aterrizaremos en veinte minutos?

Veinte minutos. Cleo sintió que se le hacía un nudo en el estómago.

Había sucedido todo demasiado deprisa.

–¿Por qué no llamas tú? –oyó decir a Serena–. Es tu madre.

–Y tu cuñada –murmuró Dominic–. Pero vale. Si quieres que llame yo, lo haré.

–No, lo haré yo.

Con un gesto de irritación, Serena se levantó de su asiento y desapareció tras una puerta que Cleo sabía conducía a un dormitorio. Había teléfono en la cabina, pero sería una conversación privada. ¿O una advertencia?

El piloto le había mostrado el aparato cuando habían llegado. Y, además de la cómoda cabina en la que estaban, había un dormitorio doble y otro sencillo. Además de un par de cuartos de baño, de uno de los cuales había disfrutado.

–No hagas caso a Serena –dijo Dominic mientras seguía recogiendo papeles–. Lo creas o no, está un poco nerviosa también.

No hizo ningún comentario y volvió a concentrarse en la vista. Tenía que hacerse a la idea de que había nacido allí, que allí estaba su origen. ¿Por qué los Novak jamás habían querido volver?

Se estremeció en el momento en que algunas islas se atisbaban en el horizonte. Y mientras el avión se aproximaba al aeropuerto de San Clemente, vio algunos barcos moviéndose por el agua. Sintió un vacío en el estómago al bajar y se concentró en la vela de un yate.

–Ése parece el barco de Michael Cordy –anotó Dominic repentinamente.

Cleo se dio cuenta de que se había acercado a su asiento y que miraba por la ventanilla. Le pareció algo temerario en un avión tan pequeño que se inclinaba demasiado para su gusto. Clavó los dedos en el brazo de cuero. Dominic se sentó donde antes estaba Serena.

–Todo va bien –la tranquilizó–. Rick es un buen piloto.

–Seguro –dijo poco convencida, y se humedeció los labios–. ¿Es ésa la isla?

Señaló y Dominic volvió a inclinarse con los brazos apoyados en los muslos en una postura inconscientemente muy sensual. La atención de Cleo se dirigió al bulto que había entre las piernas y tuvo que hacer un gran esfuerzo para apartar la vista.

–Sí, eso es San Clemente –dijo con evidente orgullo–. Siempre parece más pequeña desde el aire.

–¿Eso crees? –a ella le había parecido más grande de lo esperado–. ¿Tenéis muchos visitantes?

Dominic se recostó en el asiento y cruzó las piernas.

–¿Quieres decir turistas? –como ella asintió, continuó–: Unos pocos. No tenemos grandes hoteles ni casinos, ni cosas así. A quienes nos visitan les gusta la playa y hay fantásticas zonas de buceo alrededor de la isla –la estaba mirando, y Cleo se puso rígida.

–¿Tú buceas? –le preguntó.

–Cuando tengo tiempo –dijo–, pero desde que el viejo está enfermo, casi nunca.

–¿El viejo?

–Jacob Montero, nuestro abuelo –dijo rotundo–. ¿Recuerdas?

–Oh, sí –se mordió un labio.

–Debo decírtelo: Montero Corporation está involucrada en muchos negocios: casinos, petróleo. Y recientemente hemos adquirido una red de telecomunicaciones, eso hará solvente a la compañía en el futuro.

–No tenía ni idea –dijo boquiabierta.

–Lo sé, pero no te preocupes. Nadie espera que asimiles todo tan deprisa.

Y así era. Le estaba costando mucho enfrentarse con todo aquello. Incluso aunque los Montero habían retrasado el viaje una semana para darle tiempo a arreglarlo todo, no había sido suficiente.

La gente había sido muy comprensiva. El señor Rodgers había encontrado fascinante su explicación y eso que apenas le había contado la mitad. A pesar de eso, con su ayuda, había conseguido convencer a las autoridades de educación de que era una emergencia y le había concedido un par de semanas de permiso sin sueldo. Norah también había sido de mucha ayuda animándola a hacer el viaje y tomarlo como una oportunidad.

–No sabes cómo te envidio –le había dicho rechazando la oferta de Cleo de pagar su parte de los gastos mientras estaba fuera–. Puede que no vuelvas a tener una oportunidad como ésta. Saca todo lo que puedas.

Consciente de pronto del silencio que se había instalado en la cabina, empezó a hablar.

–¿Trabajas para tu abuelo?

–Nuestro abuelo –corrigió seco–. Supongo que sí.

–Lo que quiere decir es que sí –interrumpió otra voz–. No dejes que te engañe, Cleo. Sin Dominic, no habría Montero Corporation.

Dominic se puso de pie bruscamente y volvió a su asiento para recoger los papeles que quedaban.

–¿Has hablado con mi madre? –preguntó con tono frío.

–Sí. Dice que el viejo está ansioso por ver a Cleo.

Dominic sacudió la cabeza. Serena estaba decidida a ponérselo difícil a la chica.

–También ha dicho que cree que tiene que hacer algunos otros arreglos si va a haber un compromiso a largo plazo –lo miró de soslayo–. Ha hablado de mudarse contigo –hizo una pausa–. ¿No sería eso una feliz consecuencia?

Dominic frunció el ceño y, aunque aún no la conocía, Cleo supo que su madre no le gustaría.

–Eh... quizá debería quedarme en un hotel –aventuró Cleo justo cuando la voz del piloto sonó en el intercomunicador avisando de que estaban a punto de aterrizar.

–No –dijo rotundo–, te quedarás en la Magnolia –hizo una mueca–. Créeme, tu abuelo no permitirá otra cosa.

Lily Montero estaba de pie en la veranda cuando Dominic, Serena y Cleo llegaron a la casa. Cleo supuso que los estaba esperando, tendría tanta curiosidad por conocer a la hija ilegítima de su marido como deseos de saludar a su hijo.

Cleo era consciente de cómo los ojos de la señora se clavaban en ella mientras se bajaban del Rolls-Royce que habían enviado a buscarlos. Pero después Lily se lanzó a los brazos de Dominic y lo abrazó mientras le regañaba por haber estado fuera tanto tiempo.

Dominic manejó el exceso de cariño de su madre con tanta paciencia como afecto mientras miraba a Cleo por encima del hombro de la señora con sincera resignación.

Aun así, era evidente que su madre lo había echado de menos terriblemente. Y, a pesar de sus esfuerzos por presentarle a Cleo, Lily seguía distrayéndolo con noticias de una mujer con la que parecía que él se había estado viendo.

¿Qué pensaba ella?, se preguntó Cleo, ¿que su hijo sería tan poco formal en sus responsabilidades como lo había sido su marido? ¿O que ella era una especie de mujer fatal enviada para vengarse en nombre de su madre?

Sacudiendo la cabeza miró a su alrededor y descubrió que La Colina de la Magnolia era aún más hermosa de lo que había imaginado. Una enorme mansión de antes de la guerra con fachadas blancas y columnas dóricas.

Altas ventanas, balcones con barandillas de forja, puertas porticadas. Escalinatas que subían hasta la veranda de suelos de mármol.

Y en la veranda, sillas de hierro cubiertas de almohadones y mesas de café de estilo francés ofrecían un espacio donde relajarse y disfrutar de la tarde.

Era sobrecogedor. Las impresionantes vistas de las que había disfrutado en el corto viaje desde el aeropuerto apenas la habían preparado para tanta belleza y elegancia. La finca era sencillamente lo más bonito que había visto nunca.

El nombre de la casa era apropiado, decidió contemplando el entorno. Entre los árboles había algunos edificios más: cabañas, graneros y un enorme garaje y al fondo, tras las palmeras y unas dunas, una preciosa playa de arenas rosadas por el coral.

Las sombras empezaron a cubrir la isla desde el oeste y Cleo esperó que no fuera un mal augurio. Por mucho que admirara el entorno, no olvidada cómo había llegado hasta allí.

Se animó pensando que en cuestión de días estaría de vuelta en casa...

–Deja al chico, Lily.

La brusca orden permitió a Dominic escapar de su madre y acercarse a saludar a un anciano que había aparecido en el umbral de la puerta.

–Hola, abuelo –dijo estrechando la mano del hombre y permitiendo que éste le pasara un frágil brazo por los hombros–. ¿Cómo estás?

–Mejor, ya que estás aquí –aseguró Jacob Montero áspero, pero con afecto en la voz. Alzó la vista y miró en dirección a ella–. La has traído...

–¿Pensabas que no lo haría? –preguntó irónico–. Sé reconocer una orden cuando la oigo.

–No era un orden –protestó con fuerza, y se acercó a Cleo–. ¿Cleopatra? –dijo con voz ligeramente temblorosa–. Eres la viva imagen de tu madre, ¿lo sabes?

–Cleo –murmuró ella incómoda consciente de que aún no había dicho nada a su hija–. ¿Qué... qué tal?

Jacob sacudió la cabeza. Aún le quedaba algo de cabello gris y, a pesar de que no tenía relación de sangre con su nieto, se parecía un poco a él. Tenían el mismo aire de poder y determinación.

Ambos eran grandes. De joven habría sido tan alto como Dominic, pero la edad y la enfermedad habían curvado su espalda y reducido su fuerza.

Aun así, sus ojos brillaban con una inteligencia que ninguna debilidad física podía apagar.

–Ven aquí... Cleo –dijo ignorando a Serena cuando se apresuró a agarrarlo del brazo.

–¿Dónde está el bastón? –dijo entre dientes la hija, pero el anciano se limitó a mirarla.

–No soy un inválido, Rena –murmuró–. Déjame.

Cleo subió tímidamente los escalones, lo que no dejó de molestarla, pero no podía negarlo: se sentía un poco intimidada por ese hombre que era, increíblemente, su abuelo.

También era consciente de que Serena y Lily no le quitaban la vista de encima. Seguramente esperando que se cayera por las escaleras, pensó con amargura. Cada vez era más evidente que ninguna de las dos quería que estuviese allí.

Jacob le tendía la mano temblorosa, Cleo se la tomó y notó cómo sus dedos rodeaban su húmeda piel.

–Mi nieta –dijo con un nudo en la garganta–. Dios mío, muchacha, ¡eres muy guapa!

Cleo no sabía qué decir. Por el rabillo del ojo podía ver a Dominic apoyado en una de las columnas. Se había quitado la chaqueta y tenía los brazos cruzados mientras la miraba con los verdes ojos entornados. ¿Qué estaría pensando? Y ¿por qué le pareció el único amigo con que contaba en ese momento tan importante de su vida?

Era ridículo. Apenas lo conocía. Bueno, estaba ese momento en el bar del hotel en que había notado que se sentía atraído por ella, pero eso había sido una breve aberración provocada, lo más seguro, porque no había visto a su novia en una semana.

Aun así, casi inconscientemente, había empezado a apoyarse en él y en ese momento fue consciente de que ni siquiera sabía dónde vivía. Sólo sabía que allí no. Lo había dicho Serena. ¿Iba a dejarla allí a merced de su madre y su tía?

–Todo esto debe de resultar extraño –oyó Cleo decir a Jacob, y volvió a concentrarse para poder contestarle–. Quiero que sepas que he anticipado este día con gran emoción.

Cleo no sabía qué responder. ¿Qué se le decía a un hombre al que no había visto nunca, pero que era su pariente vivo más cercano?

–No... no podía creerlo –dijo finalmente, y miró desesperada a Dominic.

–Pero Dominic tiene que haberte explicado lo que sucedió –insistió Jacob colocando la mano de Cleo sobre su brazo y echando a andar hacia el interior de la casa–. Estoy seguro de que te contó...

–Dale un respiro, viejo.

Dominic se había cruzado en su camino, y Cleo sintió un inmenso alivio.

–¿Qué quieres decir?

El tono de Jacob fue de enfrentamiento, pero Dominic se limitó a intercambiar una mirada con Serena antes de decir con suavidad:

–¿No ves que está cansada? Ha sido un largo día y me atrevería a decir que apreciaría que le dejásemos un poco de tiempo para ella. ¿Por qué no dejas que Serena le muestre su habitación? Así podrá darse una ducha y descansar. Se sentirá mejor para poder responder a tus preguntas.

Jacob frunció el ceño, pero se volvió hacia Cleo con reacia preocupación.

–¿Es eso cierto, querida? –preguntó, y ella se humedeció los labios antes de responder.

–Me gustaría tener oportunidad de lavarme –dijo con un hilo de voz–. Si no le importa.

–¿Si no me importa? –resopló–. Puedes hacer lo que quieras, querida. Espero que consideres La Colina de la Magnolia como tu propia casa; a Dominic, Serena y a mí como tu familia –apretó los labios y miró al otro extremo de la veranda–. Y a Lily, claro.

La madre de Dominic parecía como si lo último que deseara en el mundo fuera dar la bienvenida a su familia a la hija ilegítima de su marido. Pero era evidente por la sonrisa que había en sus labios y porque no lo contradijo, que no se atrevería a desobedecer una orden de su suegro.

–Bien –dijo Dominic–. Ya que está todo arreglado, quizá Sam podría sacar el equipaje de Cleo del coche.

Capítulo 5

HABÍA dormido casi doce horas.

Después del encuentro con su abuelo, Serena le había mostrado sus habitaciones y sugerido que cenara allí.

–Sé que mi padre no lo aprobará, no puede esperar para hablar contigo –había dicho–, pero tanto Dominic como yo somos de la opinión de que necesitas tiempo para hacerte a la idea antes de enfrentarte a más preguntas.

Cleo pensó que cuanto antes se entrevistara con su abuelo, antes volvería a casa. Porque dijera lo que dijera, esa finca no era su hogar. Y nunca lo sería.

Después de que el servicio le había subido el equipaje a su habitación y tras negarse a que le ayudaran a deshacerlos, dedicó un momento a explorar las dependencias.

Un espacioso salón amueblado de un modo sencillo con cómodas sillas y sofás, algunos colocados al lado del gran ventanal, daba paso a un más que espacioso dormitorio. En éste había balcones que daban a una piscina iluminada en la parte trasera de la casa. Desde la inmensa cama colonial había una preciosa vista.

Había oscurecido, así que no podía ver más allá de los jardines, además, el cuarto de baño de mármol atrajo su atención. Había una gigantesca bañera empotrada en el suelo y al lado un jacuzzi. Dos lavabos gemelos, también de mármol, y una enorme ducha circular con azulejos de cristal.

Espejos por todas partes que le devolvían su imagen desde todos los ángulos. Cuando se quitó la ropa, dedicó una momento a contemplar su aspecto. En su opinión, tenía los pechos demasiado pequeños y demasiadas caderas y se estremeció al pensar en que Dominic la viera en bañador.

Después de esos inapropiados pensamientos respecto a su hermano adoptivo, se dio una ducha, se lavó el cabello y apenas podía mantener los ojos abiertos.

Se envolvió el pelo con una toalla y sacó de la maleta un sujetador y unas bragas. Después, apartando el lujoso cobertor de satén, se metió en la cama.

La despertaron los rayos de sol que se colaban por las rendijas de la contraventana. Era por la mañana, pero por un momento no recordó dónde estaba. Después recuperó la memoria e, incapaz de reprimir un gemido, se apoyó sobre los codos y miró a su alrededor.

Lo primero que notó fue que alguien había estado en la habitación mientras ella dormía. El cobertor estaba apartado y ella estaba cubierta con una fina sábana de algodón egipcio. También habían cerrado las contraventanas. ¿Quién se había ocupado de ella?

¿Alguien del servicio? ¿Serena? ¿Qué le habría dicho a Jacob para justificar que no bajara a cenar? Suspiró. Demasiado tarde para preocuparse por eso. Y su abuelo le había dicho que se sintiera en su casa. No era así, y la noche anterior había pensado que nunca lo sería, sólo podía ser una visitante.

Salió de la cama y, al ponerse de pie, sintió alivio al notarse completamente descansada. Un poco pegajosa, reconoció, a pesar del aire acondicionado. Al otro lado de las ventanas era evidente que el sol ganaba la partida. ¿Qué hora sería? ¿Dónde había dejado su reloj?

Lo encontró en el cuarto de baño. Había cambiado la hora en el avión y vio que apenas eran las siete. Empujó las contraventanas y miró por el balcón. Era una mañana impresionante y, a pesar de todo, sintió que se le levantaba el ánimo.

No parecía haber nadie, así que abrió la puerta del balcón. Entró el calor lleno de aromas tropicales mezclados con el olor del mar.

Pudo ver la playa que había más allá de los jardines. Las palmeras enmarcaban la azul agua del Atlántico. Salió al balcón. Bajo ella el agua de la piscina brillaba al sol, macetas con hibiscos y adelfas señalaban el camino hacia un porche semioculto a la vista.

Apareció una doncella con una regadera y sintió el impulso de retirarse al interior, pero no lo hizo. Después de todo las bragas y el sujetador no dejaban ver más que un biquini.

Se preguntó a qué hora se levantaría su abuelo. Si esperaría que desayunara con él. Se notó nerviosa a pesar de que, por lo que había visto la noche anterior, no intimidaba mucho.

No como Dominic...

Se le aceleró el pulso al preguntarse si éste habría pasado la noche en la casa. ¿Habría vivido allí alguna vez? Había dicho que sus padres tenían su propia casa cuando le había hablado de Celeste... su madre. Se le puso la carne de gallina al recordarlo.

Pero aun así no podía evitar preguntarse dónde estaría en ese momento. Quizá vivía con su novia, aunque eso costaba más encajarlo. Fuera lo que fuera, no era asunto suyo, así que debía olvidarlo. Antes de volver a verlo y que se diera cuenta lo que sentía...

Una sombra se movió en el otro extremo de la piscina.

Se dio cuenta de que había unas casetas allí, pequeños vestuarios.

Un hombre había salido de una de ellas. Un hombre alto, con el torso desnudo, con una toalla en el cuello.

Llevaba una bañador que apenas le llegaban a las caderas. Un bañador mojado que se ceñía a cada músculo de su cuerpo. Mientras ella lo miraba, se secó el pelo con la toalla. Su piel era morena, el vientre plano y las piernas musculosas.

A Cleo empezaron a sudarle las manos. Ya no tenía que preguntarse por Dominic. ¿Cuánto tiempo llevaría allí? ¿Habría podido verla?

Se le secó la boca mientras volvía a la habitación donde dedicó un momento a recuperar la calma. Viviera donde viviera era evidente que había pasado la noche allí, pensó sin aliento. ¿Desayunaría también con su abuelo?

Estaba dedicando demasiado tiempo a especular sobre Dominic. Impaciente consigo misma, se pasó las palmas de las manos por los muslos y se arrodilló al lado de la maleta.

¿Qué se ponía? Ése era el problema. Bueno, el biquini no, se dijo mirándose otra vez al espejo. El que Norah le había aconsejado que comprara seguramente se iba a quedar sin estrenar.

Media hora después salió del cuarto de baño con unos pantalones cortos color limón y una camiseta blanca. Elegante pero informal, pensó recordando otra cosa que le había dicho Norah: no era de gente con clase ir demasiado arreglada.

Además, lo último que quería era que nadie pensara que quería despertar admiración. O deseo, se dijo severa recordando de pronto los últimos meses de la vida de su madre.

Decidió que no podía reprocharle a Lily mostrarse hostil. Después de todo su marido había tenido una aventura con Celeste. Tampoco podía ser que ella se sintiera atraída por su hermano adoptivo. La historia no podía repetirse.

Aún tenía el cabello un poco húmedo, así que se lo recogió en una coleta, se puso unas sandalias y se miró al espejo antes de abrir la puerta.

Todo parecía muy tranquilo. Si no hubiera sabido que había al menos una docena de sirvientes, habría pensado que estaba sola con Dominic.

Respiró hondo al pensarlo. Tenía que dejar de pensar en él. No significaba nada para ella. ¿Cómo podía? Apenas lo conocía. Y no había ni que decir que ella no significaba nada para él.

Un largo corredor con una ventana al fondo conducía hasta las escaleras, pero antes de llegar a la última curva, un pasamanos de forja permitía contemplar un hermoso salón. Desde allí se veía el vestíbulo del piso inferior por cuyas ventanas entraba el sol a raudales hasta la escalera.

Al empezar a bajar vio que un enorme helecho llenaba el eje del hueco de la escalera. Mientras deslizaba la mano por la barandilla, los extremos de sus hojas le acariciaban el dorso, era algo casi sensual.

Había subido por esa escalera la noche anterior, pero entonces el cansancio y cierta tensión le habían nublado la vista. No era que estuviera menos tensa esa mañana, pensó deteniéndose a admirar una ventana culminada en un arco. Incluso la tentadora vista de la línea de costa no conseguía convencerla de que no debería estar allí.

Una doncella antillana apareció más abajo. Alzó la vista con ojos expectantes y Cleo se preguntó qué estaría pensando.

–¿Puedo ayudarla en algo, señorita Novak? –preguntó, y Cleo sintió un profundo alivio al saber que no se la había presentado como Cleo Montero.

–Sí... ¿podría decirme si el señor Montero ya está levantado? –decidió pensando que debía tomar las riendas.

Si su abuelo quería verla, no tenía sentido darle la espalda.

La doncella señaló hacia el otro extremo del vestíbulo.

–El señor Dominic está desayunando en el porche –dijo amable–. ¿Quiere que le muestre el camino?

–Oh, no –no quería pasar más tiempo con Dominic–. Me refiero al señor Montero mayor. ¿A qué hora suele levantarse?

–Tu abuelo desayuna en su habitación a eso de las siete –dijo tras ella una voz conocida y perturbadora. Se dio la vuelta y vio a Dominic en el umbral de la puerta de la sala contigua–. Bajará más tarde.

Por suerte ya estaba vestido. Llevaba unos pantalones cortos caqui y una ceñida camiseta negra que remarcaba sus músculos. Demasiado informal para ella, era más fácil mantenerlo a distancia con chaqueta y corbata.

Era evidente que había oído voces y salido a investigar. Debería haberlo pensado.

La doncella se volvió hacia él con evidente entusiasmo.

–La señorita Novak buscaba al señor Jacob, señor –dijo pavoneándose con los brazos en jarras–. ¿Quiere más café, señor Dominic? Sólo tiene que decirlo y Susie se lo llevará.

Dominic apretó los labios al notar la reacción de Cleo ante la intimidad con que lo trataba la chica.

–Mejor tráele algo de desayunar a la señorita Novak. Fruta, cereales, café –miró a Cleo con las cejas arqueadas–. ¿Te sirve con eso?

–Yo... –apenas había entendido lo que le había preguntado–. Yo... supongo que sí –murmuró–. Gracias.

–No es problema –se volvió hacia la doncella–. En la terraza, Susie. Lo antes que puedas, ¿vale?

–Sí, señor –dejó caer las manos a los lados, y Cleo esperó no haberse hecho otra enemiga.

Mientras tanto, Dominic trataba de controlar su frustración. Maldición, seguro que Cleo pensaba que ejercitaba alguna especie de derecho de señor feudal sobre las mujeres del servicio.

–¿Has dormido bien? –hizo un gesto para que lo acompañara, y Cleo obedeció.

–Muy bien –respondió con cuidado de no llegar a rozarlo al entrar en la sala de al lado por delante de él–. Siento si tu abuelo esperaba que me quedara con él anoche, pero me quedé sin fuerza.

–Lo sé.

–¿Lo sabes?

–Sí –asintió–. Serena envió a una de las doncellas a que te echara un vistazo –sonrió–. Podías haberte quedado dormida en la bañera. No queríamos que te ahogaras antes de haber tenido tiempo de conocernos.

–No es probable que hiciera algo así –dijo, y Dominic sonrió.

–Da lo mismo... –murmuró–. El viejo jamás se lo perdonaría si te pasase algo.

–¿Sólo el viejo? –se descubrió preguntando provocativa, y la expresión de Dominic se ensombreció.

–No juegues conmigo, Cleo –dijo en tono de advertencia–. No estás equipada para enfrentarte a las consecuencias.

Cleo abrió la boca, pero no dijo nada más. Le ardían las mejillas, se dio la vuelta y trató de pensar en otra cosa. Pero él tenía razón. No estaba acostumbrada a provocar a nadie, mucho menos a un hombre que siempre parecía sacar lo peor, ¿o debería decir la fulana?, que había en ella.

–Vamos fuera –dijo Dominic después de un momento de silencio, y se dirigió al porche.

Lo siguió lentamente disfrutando de la exquisita decoración de la estancia que cruzaron: mesas bajas, jarrones de cristal tallado llenos de flores, gruesas velas en candelabros de plata.

Incluso había un gran piano oculto en una esquina. Y teatrales óleos que añadían belleza a las paredes.

–Tienes una casa preciosa –dijo intentando recuperar la normalidad.

–No es mi casa –le recordó echándose a un lado para dejarla pasar–, pero estoy convencido de que tu abuelo tiene la esperanza que la conviertas en la tuya.

–¡No lo dices en serio! –dijo boquiabierta.

–¿Por qué no? –ignoró su expresión de asombro–. Te aseguro que tengo mi propia casa aquí al lado, en la Bahía del Pelícano.

–No –estaba casi segura de que era un malentendido deliberado–, no me refería a eso.

Salieron al porche y Cleo pudo ver una cascada de buganvillas rosas y blancas que caía de la pared que separaba el porche de la piscina. La vista la dejó muda. Por la piscina, por la exuberante vegetación que todo lo rodeaba, por el constante movimiento del océano más allá de las dunas.

Consciente del silencio de Dominic, se volvió hacia él y dijo:

–Sobre mi abuelo... no espera en serio que me quede aquí, ¿verdad?

–Es lo que quiere –se encogió de hombros–. Creo que quiere compensar todos los años en que no te ha conocido.

–Pero ¿por qué ahora?

Dominic caminó hasta una mesa redonda colocada a la sombra de un toldo marrón y crema. Tomó su taza de café.

–¿Por qué crees?

–¿Porque está enfermo?

–Porque se está muriendo –corrigió rotundo–. Porque se ha visto obligado a enfrentarse a su propia mortalidad –hizo una pausa–. Según su abogado llevaba buscándote un tiempo.

–¿Y... mis padres lo sabían?

–¿Los Novak? –se encogió de hombros–. Supongo que no –se llevó la taza a la boca y se terminó el café.

Cleo lo miró fascinada, pero consiguió hablar.

–Así que... ha esperado a que estuvieran muertos.

Dominic bajó la taza y la miró resignado.

–¿Qué insinúas? ¿Crees que el viejo ha tenido algo que ver con sus muertes?

–Cielos, no –dijo horrorizada–. Murieron en un accidente de tren, eso ya lo sabes –dudó un momento un poco emocionada–. Fue de vuelta de un viaje al Norte de Gales. Fue un accidente, un terrible accidente –se le quebró la voz–. Los echo mucho de menos.

–Estoy seguro de que sí.

La comprensión en la voz de Dominic casi fue su ruina, pero consiguió reponerse.

Dominic hizo un gran esfuerzo para no reconfortarla, pero no olvidaba lo que había sucedido la otra vez que la había tocado. Lo incontrolable de su reacción.

–Bueno –siguió Cleo–, tu tía ha dicho que fue ahí cuando... cuando decidió contactar conmigo.

–Sí –respiró hondo–. Sabía que los Novak no se tomarían bien una intervención suya. Pero después de... bueno, después del funeral, puso a una firma de detectives a buscarte.

–¿Cómo supo lo del accidente de tren?

–De nuevo según su abogado, ya había seguido a los Novak hasta Islington. No fue hasta después del funeral que descubrió que tú ya no vivías con ellos.

–Me mudé un par de años antes, cuando se fueron a vivir con la señora Chapman. Acaba de terminar los estudios y tenía trabajo en St. Augustine, así que me fui de casa.

–¿Y decidiste compartir piso con una amiga?

–Más o menos.

Dominic se dio cuenta de que ella no era consciente, pero era la primera vez que estaba relajada con él. Y él disfrutaba demasiado de su compañía.

Tampoco podía obviar que él era su único aliado allí. Su abuelo tenía su propia agenda, sin duda, pero Serena y su madre estaban resentidas con ella. Eso no había ni que decirlo.

Y su vulnerabilidad lo removía de un modo que no había sentido antes. Con su sencilla camiseta y su pantalón corto, el cabello oscuro recogido en una coleta, parecía tan joven... tan inocente.

Tenía que dejar de sentirse responsable de ella, se dijo. Al viejo no le gustaría, no le gustaría que ella confiara en él más que en su abuelo.

Pero había sido ese sentido de la responsabilidad lo que le había hecho aceptar la invitación del viejo de quedarse a dormir en La Colina de la Magnolia. A pesar de que había prometido a su novia, Sarah Cordy, que iría a verla en cuanto volviera...

–Norah... la chica con la que vivo –dijo Cleo completamente ajena a su frustración–, encontraba excesivo para una sola persona el alquiler que pagaba, así que me ofreció la oportunidad de compartir –sonrió encantadora–. Me fui corriendo.

–¿Y Eric? ¿Dónde encaja él?

Dominic se oyó hacer la pregunta sin podérselo creer. Tenía que darle lo mismo quién fuera Eric, pero ya era demasiado tarde para echarse atrás.

–¿Eric? –redondeó los labios–. Ah, sí, conociste a Eric –una sonrisa iluminó su rostro–. ¿Te asustó?

–¿Estás de broma?

Dominic había respondido sin pensar, en ese momento se dio cuenta de que le tomaba el pelo.

–Oh, sí, muy lista –gruñó–. Hacía que me temblaran las rodillas.

–Y son unas rodillas muy bonitas, ¿no? –dijo entre risas mientras se alejaba un poco para mirarlas mejor–. Mmm, no ganarías un concurso de rodillas huesudas.

–¿Qué? –preguntó antes de darse cuenta de que no estaban solos.

Su madre estaba de pie en el otro extremo del porche con la bandeja que contenía el desayuno de Cleo. Su mirada era glacial y Cleo se ruborizó al notarla.

–¿Interrumpo? –preguntó haciendo un gesto hacia la bandeja–. He interceptado a Susie en el vestíbulo y me ha dicho que habías pedido esto, Dominic –sonrió forzada–. Pensaba que ya habrías desayunado.

–Ya lo he hecho –estaba seguro de que la bandeja no era lo único que le había sacado a Susie, pero no dijo nada.

–Es el desayuno de Cleo –dijo encantado–. Dame –fue hacia ella–, se lo pongo yo.

–Puedo sola.

Pero por alguna razón, Dominic no quiso pensar que fuese algo deliberado, la bandeja se le cayó de las manos. Cleo dio un salto mientras las tazas y platos caían al suelo de piedra. Las salpicaduras del zumo y el café le mancharon los pies. Se agachó de un modo automático para recoger un melocotón que salió rodando. Dominic pensó descontrolado que su piel sería tan suave como la de ella. Cleo miró a Dominic y después hacia la mirada enigmática de su madre.

–¡Oh, querida! –dijo Lily llevándose las manos juntas al pecho–. Soy tan torpe.

Y si no hubiera visto la mirada que esa mujer le había dedicado un instante antes, habría pensado que era cierto.

Capítulo 6

NO IMPORTA –dijo Dominic como si romper un caro juego de porcelana diera lo mismo–. Pediré a Susie otra bandeja.

–Por favor, ¡no!

El grito de Cleo lo paralizó. No debía de soportar la idea de quedarse sola con Lily.

No había pedido ir hasta allí, se dijo mientras la expresión de la madre se endurecía. Y aunque comprendía los sentimientos de Lily, ésta no podía culparla de que su marido no hubiera mantenido los pantalones en su sitio.

–Cleo... –empezó Dominic al oír el sonido de un bastón en el suelo.

–¡Señor! ¡Señor! –gritó Jacob desde el otro lado del porche–. ¿Qué pasa aquí, chico? ¿Ha vuelto tu madre a tirar la porcelana?

–Se me ha caído la bandeja, Jacob –se defendió Lily–. No tengo por costumbre romper cosas.

–Si tú lo dices –dijo el anciano indiferente–. Sólo espero que no trataras de intimidar a nuestra invitada.

–Tu invitada, Jacob –dijo con los dientes apretados–. No mía, ni de Dominic.

–¡Mamá! –intervino Dominic consciente de que Cleo estaba pálida–. ¿No te das cuenta? Cleo no tiene ninguna culpa de lo que hizo papá. No puedes reprocharle algo de lo que no tenía ni idea.

–Y ésa es la verdad –apoyó el abuelo incondicional, pero Lily no lo escuchaba.

Sacó un pañuelo del bolso y se lo llevó a la nariz mientras con la vista buscaba a su hijo.

–Yo no le echo la culpa –susurró entre lágrimas–. Pero pensaba que entenderías cómo me siento.

–Lo entiendo –dijo Dominic perdiendo fuerza, pero sin olvidar que su madre era capaz de estarlo manipulando–, pero mejor que bajes la presión, mamá. Tenemos que aprender a llevarnos bien.

–Creo que me pides demasiado, Dominic. Éste en mi hogar...

–Pero es mi casa –interrumpió Jacob con sorprendente energía–. Y mientras viva aquí, seré yo quien diga quién puede quedarse y quién no.

Cleo reprimió un grito y se llevó las manos al rostro deseando que se la tragara la tierra. Era mucho peor de lo que había anticipado. Le había preocupado la madre de Dominic, por supuesto, pero no esperaba disgustarle tanto y tan pronto. Y que viviera allí, en La Colina de la Magnolia, sólo aumentaba el problema. Alguien debería habérselo dicho antes.

–Estamos poniendo a Cleo en una situación embarazosa –dijo Dominic impaciente.

–Me estáis poniendo a mí en una situación embarazosa –gritó Lily–. Pero eso parece que no importa.

–Por favor... –Cleo no podía soportarlo más. Miró a Dominic, después al abuelo y después otra vez al nieto–. Yo... yo no quería venir. Y desde luego no quiero molestar a nadie. Sería mucho más feliz en cualquier hotel modesto...

–¡Olvídalo! –dijo el abuelo antes de que pudiera intervenir Dominic–. Te quedas aquí, muchacha –dijo rotundo–. Eso está decidido. Y si mi nuera no está cómoda con eso, entonces sugiero que sea ella quien se busque otro sitio, no tú.

–Pero... –empezó Cleo.

–¿Preferirías que Cleo se quedara en Cala Tortuga conmigo, mamá? –sugirió Dominic sabiendo que su madre no aceptaría esa opción.

–¡Eso... eso sería completamente inapropiado! –exclamó, y Jacob se echó a reír.

–Buen movimiento, Dom –dijo acercándose a Cleo para pasarle un brazo por los hombros–. Todo irá bien, ya lo verás, así que nada de hoteles, ¿de acuerdo?

Cleo deseaba librarse de su abrazo. Dijeran lo que dijeran, ella no se encontraba como en su casa allí, pero tenía la sensación de que apoyaba a Jacob tanto como él a ella, así que asintió.

–Bueno –siguió alegre el anciano–, ¿acierto si digo que ha sido tu desayuno el que ha terminado en el suelo? –ella asintió–. Bien, entonces vamos a desayunar juntos.

–Tú ya has desayunado, padre.

Lily no iba a rendirse sin luchar, pero Jacob la miró duro y dijo:

–Puedo desayunar dos veces, ¿no? –miró a Cleo–. Pero desayunaremos dentro. Aquí hay que limpiar y tampoco me gusta el ambiente.

Dominic los miró entrar en la casa y después se volvió hacia su madre.

–¿Estás bien?

–Como si te importara –dijo casi llorando.

–Claro que me importa –dijo con intensidad–, pero oponerte al viejo no te va a hacer ningún bien –hizo una pausa–. Es su nieta. Tiene todo el derecho a estar aquí, y lo sabes.

–Te gusta, ¿no?

–Eh... sí –dijo cauto–. Es mi hermana adoptiva. ¿Por qué no me iba a gustar?

–Es hermana por parte de padre –corrigió–. No está relacionada con nosotros por ningún lado.

–Vale –cerró los ojos un momento–. Pero es una

Montero, en todo menos en el nombre. La llames como la llames, tiene derecho a estar aquí.

–¿Te ha dicho eso tu abuelo?

–No –no sabía qué decidiría el viejo sobre la casa–, pero ella tiene un sitio aquí, mamá. Sólo Dios sabe lo difícil que ha sido convencerla para venir.

–¡Estás de broma!

–No –seguía recelando–. Mira, tengo que irme, prometía a Josh que llamaría a la oficina en cuanto regresara.

–Oh, sí, para ti está bien, ¿no? –murmuró resentida–. Mi padre te dejó sólo Dios sabe cuántos millones y Jacob ya te ha dado el control sobre Montero Corporation. Sin embargo yo... yo...

–Puedes hacer lo quieras –interrumpió rotundo–. Decidiste venirte a vivir aquí cuando papá murió, pero nada te impide comprarte otra casa.

–¡Ésta es mi casa! –cuadró los hombros–. Jamás habría pensado que te oiría decir algo así.

–No digo nada –protestó Dominic–. Sólo quiero que seas feliz.

–Entonces no deberías haber traído a esa chica aquí –afirmó rotunda–. No sé qué va a pensar Sarah.

–Sarah no es mi carcelera, mamá.

–No, pero es tu novia. Se merece más lealtad, ¿no crees? ¿O estás cegado por los encantos de esta joven?

–Estás exagerando la situación –dijo áspero–. Sarah es una amiga, eso es todo. Lo paso bien con ella.

–Creo que ella piensa que es algo más que eso –dijo tensa–. Pero en cualquier caso, hablaré con ella antes de que llegue a sus oídos por otros cauces tu aparente vinculación con la... locura... de tu abuelo.

–¿Qué demonios se supone que significa eso?

–No puedes negar que la Novak y tú estabais muy acaramelados cuando he aparecido en el porche –afirmó guardando el pañuelo en el bolso.

–¡No la llames la Novak! –exclamó frustrado–. ¿A qué te refieres con acaramelados? ¿Qué crees que estábamos haciendo?

–No lo sé...

–¡Por Dios! –estaba perdiendo los nervios–. Estaba tratando de conseguir que se tranquilizara, eso es todo. Si te quitaras de la cabeza tu... –se interrumpió antes de decir algo imperdonable–. Trata de conocerla, mamá. Creo que también te gustará.

–No lo creo.

–Voy a cambiarme, tengo que ir a la ciudad.

Lily se encogió de hombros y Dominic resopló y entró en la casa.

No tenía sentido decir nada más, pero era evidente que Cleo necesitaba a alguien de su parte.

El desayuno con su abuelo fue inesperadamente agradable. Aunque tenía claro que era por la determinación del anciano de hacerle las cosas fáciles. Era fácil hablar con él, como con Dominic, pero sin tensión sexual. Un estremecimiento le recorrió la espalda. No sabía qué habría pasado si Lily no hubiera aparecido antes.

Jacob empezó por decirle lo mucho que sentía la muerte de sus padres, aunque estuviera pensando que no tenía lazos de sangre con ellos. Pero había sido lo bastante educado como para darle el pésame; para ayudarle a estar cómoda y sentir que le importaba a alguien.

Sus disculpas por haberse quedado dormida la noche anterior las despachó con rapidez.

–Dominic tenía razón –le dijo–. Debería haberme dado cuenta de que estabas cansada en lugar de estar tan emocionado por tu llegada.

Cleo no tuvo respuesta para eso. Por amable que fuera, no podía olvidar cómo había llegado hasta allí, pero no quería tener una discusión en un sitio tan hermoso. ¿No había sido él tan víctima de las circunstancias como ella? ¡No!

Por fortuna, su abuelo estaba encantado con llevar el peso de la conversación. Parecía muy preocupado por contar la historia de la isla y la entretuvo con historias sobre contrabando en la época de la prohibición en Estados Unidos.

Sorprendentemente también habló de la esclavitud del siglo XIX. La dejó conmocionada diciendo que había pocas familias que pudieran decir que no tenían mezcla de sangre en sus ancestros.

Había estado tan atenta a lo que le decía, que no fue hasta que terminaron el desayuno que se dio cuenta de cuántas cosas sobre su propia vida había deducido él. De pronto se descubrió hablándole de su trabajo, de Norah y de otras cosas olvidando quién era él.

Era listo, pensó aceptando su invitación para sentarse en el porche después del desayuno. Seguro que ya sabía más de la mitad de lo que ella le había contado, pero al crear ese ambiente de confianza, había surgido un vínculo entre los dos que costaría más romper.

–Quizá te apetece bañarte –dijo él consciente de que Cleo había estado mirando el agua de la piscina con envidia–. Al final de la tarde puedes dar un paseo por la orilla. Me gustaría poderte acompañar, pero por ahora sólo puedo recomendarte la piscina.

–Oh, no –sacudió la cabeza, y después mintió–: No tengo bañador, señor Montero.

–Si no puedes llamarme abuelo, llámame Jacob –dijo ligeramente tenso antes de seguir–. Por el bañador no hay problema –señaló con el bastón las casetas–. Encontrarás todo lo que necesites en esos vestuarios. Serena siempre tiene una selección de bañadores para visitas inesperadas.

–Pero yo no soy una visita inesperada, ¿no? –lo miró con ojos suspicaces–. Creía que sabía por qué me habías buscado ahora. Bueno... después de veinte años de ignorar mi existencia.

–Debería verlo desde ese punto de vista –dijo Jacob con un suspiro.

–Es así –dijo rotunda–. Y aunque entiendo que estás enfermo...

–¡Mi enfermedad es lo menos importante! ¿Es eso lo que te han dicho? ¿Que porque me estoy muriendo me ha cambiado el corazón?

Cleo se sintió un poco nerviosa, no quería molestar al anciano.

–¿No es cierto? –se aventuró.

–¿Cuánto te ha contado Dominic?

–Oh... –Cleo notó que le entraba calor y se sintió incómoda bajo la mirada de Jacob–. Bueno, me contó que Celeste...

–Tu madre.

–De acuerdo, mi madre... trabajaba para los Montero.

–Sí, así era. Trabajaba para Robert y Lily. Creo que Dominic le tenía mucho cariño, pero era sólo un niño en esa época.

–¿Dominic la conoció?

–Claro. Vivía con la familia. Y hasta... bueno, hasta que mi hijo se encaprichó de ella, Lily y Celeste eran buenas amigas.

–¡Amigas! –repitió incrédula.

–Sí, amigas –insistió–. En la isla no hay mucha separación de clases, Cleo. Tu madre trabajaba para mi hijo y su esposa, eso es cierto, pero nunca fue considerada una sirviente.

–¿Qué pasó?

–Sabes lo que pasó –sonrió–. Robert se enamoró de

ella. Oh, sí –alzó una mano para que Cleo no lo interrumpiera–. Robert amaba a Celeste. Estoy seguro de eso. Pero amaba a su esposa también y sabía que su relación destrozaría a Lily si se enteraba.

–Qué conveniente la muerte de Celeste.

–Supongo que a ti te lo parecerá así –dijo resignado–. Y reconozco que, si hubieras crecido en la isla, habrías sido una constante amenaza.

–¡Para tu hijo!

–Y para Lily –reconoció–. No podía tener hijos, ya lo sabes. Si hubiera podido, las cosas habrían sido distintas.

–No lo creo –dijo sin poder reprimir un tono amargo.

–Nadie sabe qué habría pasado si las circunstancias hubieran sido otras –dijo mirándola a los ojos–. No estoy completamente convencido de que Robert hubiera permitido que te fueras a Inglaterra, pero tras la muerte de Celeste se volvió otro hombre.

–¿Y dónde entran mis... los Novak en la ecuación?

–Bueno... –se recostó en la silla. Estaba muy pálido. Cleo deseó que los interrumpieran, incluso aunque fuera Lily–. Henry era un hombre decente –dijo finalmente Jacob–, pero era ambicioso. Pensó que trasladarse a Inglaterra le permitiría lograr el éxito que aquí no conseguía. Lucille y él no tenían hijos y Lucille y Celeste habían sido amigas. No era difícil convencerlos de que adoptaran a su hija.

Cleo se quedó sin aliento. Su madre, su madre adoptiva, y su madre biológica habían sido amigas. Lo decía la fotografía que había encontrado entre las cosas de sus padres tras su muerte.

–Pero debió de suponerles un gran gasto. Quiero decir... mi padre, Henry, no tenía trabajo, ¿no?

–No –se humedeció los labios–. Nosotros, Robert y yo, engrasamos los engranajes para su traslado. Era... lo menos que podíamos hacer.

–¿Quieres decir que les pagasteis por adoptarme? –estaba consternada–. Oh, Dios. ¡Nadie me lo había dicho!

–No te lo tomes así, cariño –suspiró–. Tienes que entender que los Novak no eran gente de recursos.

–Incluso así...

–Se ocuparon de ti, ¿no? Te han querido, seguro. Y, a juzgar por cómo eres, lo han hecho realmente bien.

Cleo sacudió la cabeza consciente de que tenía los ojos llenos de lágrimas. Era demasiado. Que sus padres hubieran cobrado por adoptarla... Bueno, no eran sus padres, eso no debía olvidarlo. Y era cierto que la habían querido y ella a ellos. Pero ¿cuánto de ese amor era artificial? Nunca lo sabría.

–Todo esto ha sido muy duro para ti –murmuró su abuelo–. Y créeme, si hubiera podido hacer otra cosa, la habría hecho. Pero nosotros, Robert y yo, respetamos el deseo de los Novak de no ponernos en contacto contigo. Querían que no tuvieras nada que ver con esta familia y supongo que no se lo puedo reprochar. Pero cuando descubrí que habían muerto en el accidente...

–Todas las trabas desaparecieron –dijo Cleo con amargura, y su abuelo asintió en silencio.

Hubo un largo silencio. Cleo miró a su abuelo y vio que había cerrado los ojos y se preguntó un poco ansiosa si estaría bien. Pero respiraba acompasadamente, seguramente se habría quedado dormido.

Deseó haber aceptado la invitación para bañarse. La idea de sumergirse en agua fresca era atractiva, pero se alegraba de haber mantenido esa conversación. Al menos ya sabía cómo la habían adoptado. Incluso aunque sintiera que su mundo se había venido abajo.

Se puso en pie y caminó hasta el borde del porche para contemplar la piscina.

–¿Por qué no te das ahora ese baño? –interrumpió sus pensamientos la voz de su abuelo.

–¿Cómo sabes que...?

–¿Qué estabas pensando? –sonrió–. Somos de la familia, ¿recuerdas?

–Creo que eres muy intuitivo –sacudió la cabeza.

–Bueno, sea lo que sea, ¿por qué no me haces caso? –hizo un gesto hacia las casetas–. Dame una alegría, me encantaría ver a mi preciosa nieta disfrutando por fin.

Cleo tenía dudas, pero la tentación era grande. Además sospechaba que Jacob se relajaría si le demostraba que no se había ofendido por lo que le había contado. Y ella quería saber la verdad, ¿no? Eso era lo que había conseguido.

El vestuario olía a pino y agua salada. Aunque la piscina era de agua dulce, pensó que todo el mundo utilizaría las casetas para cambiarse. Como su abuelo había dicho, había un perchero lleno de bañadores. Examinó las prendas y, por mucho que ninguna la convenciera, tendría que ponerse alguna. Además no había nadie... excepto Lily. Pero no se imaginaba que le importase que se bañara.

Salió del vestuario con el bañador más sencillo que había. Azul oscuro con ribetes blancos en las costuras. No dejaba ver mucho, pero aun así se preguntó por qué no habría seguido el consejo de hacerse una depilación brasileña.

Ya era demasiado tarde. Abandonó el vestuario recogiéndose el cabello. Al levantar los brazos, levantaba los pechos y eso tiraba del bañador amenazando con enseñar más de lo deseado. Y en ese preciso instante apareció Dominic al otro lado de la piscina, de pie al lado de su abuelo.

Capítulo 7

SE QUEDÓ sin aire en los pulmones. El calor le inundó el cuerpo y se le erizó la piel.

Deseó bajar los brazos para que el bañador bajara y le cubriera un poco más las nalgas. Recomponerse de alguna manera para que no se notase que su aparición la había afectado.

Pero por alguna razón estaba paralizada. Su único consuelo era que seguramente él no podría notar la dura punta de sus pechos debajo de la seda azul.

Mientras tanto, Dominic parecía frío e indiferente. Llevaba otro traje aunque no muy formal. Sólo seda italiana y algodón gris pálido, la corbata una mancha de carbón sobre la camisa.

Siempre podía meterse en la piscina, pensó Cleo, consiguiendo por fin bajar las manos. Pero eso sería un gesto grosero y cobarde. Y no tenía intención de demostrar que la opinión de Lily era cierta.

Dominic mientras tanto deseaba no haber aparecido en el porche. Había visto a su abuelo allí solo y dado por sentado que Cleo se habría marchado a su habitación. Sólo quería aclarar las cosas con el anciano antes de irse. Pero tenía la vista clavada en una joven que acababa de salir de una caseta.

Dios, era preciosa, pensó. Pero había algo más que belleza en ella. Sarah también era guapa, pero nunca se había sentido así en su presencia. Jamás había sentido que se le cerrara el estómago o que la sangre corriera a su bajo vientre.

Tenía un atractivo sexual que iba más allá de nada que hubiera experimentado antes. Y no podía dejar de comparar sus sentimientos con lo que había sentido su padre por la madre de ella.

Casi podía olerla, pensó severo, aunque de inmediato rechazó la idea. Le hacía sentirse como una especie de depredador de la selva y se mareaba al pensar en ella desnuda entre sus brazos.

–¿Pasa algo?

El anciano era demasiado perceptivo y Dominic se volvió a mirarlo forzando una sonrisa.

–No sabía que Cleo estaba aquí –dijo sabiendo que su respuesta daba paso a más preguntas–. Me marcho.

–Es una pena que no puedas quedarte. Sé lo que te gusta la piscina.

–Ya me he bañado antes –dijo escueto sin querer recordar la visión de Cleo en el balcón.

En bragas y sujetador estaba aún más seductora que en ese momento.

–Oh, bueno...

–Hasta mañana –dijo Dominic–. Ya sabes que ceno con Sarah esta noche. Está algo enfadada porque no fui a verla anoche.

–Lo superará –dijo Jacob ausente saludando a Cleo con la mano–. Sólo no te olvides de que mañana por la noche tenemos una cena especial. Quiero presentar a Cleo a nuestros amigos y vecinos. Quiero que sepan lo orgulloso que estoy de ella.

–Vale –dijo con un suspiro.

–Ah, y por cierto... –alzó la vista para mirarlo–. Aún no te he dado las gracias por traérmela. No tienes idea de lo mucho que significa para mí que esté aquí.

–Tengo una idea bastante aproximada –dijo acariciándolo en el hombro–. Cuídate, abuelo. Y no te pases para impresionarla, ¿vale?

–Entonces vas a tener que dedicarle tú algo de tiempo –dijo–. Preséntasela a tus amigos. Me gustaría que os llevaseis bien.

Dominic no dijo nada, pero no se dejó engañar por su abuelo. Jacob sabía que Sarah tendría tantas ganas de ser amiga de Cleo como su madre.

Dominic se preparó para la cena de celebración con escaso entusiasmo.

No tenía ninguna prisa por asistir a una cena con intercambio de insultos entre su madre y su abuelo. Y, a juzgar por lo que Lily le había dicho por teléfono, su opinión sobre la invitada no había mejorado con el tiempo. No estaba tan seguro de qué pasaría con Serena.

Según su madre, su tía estaba a la expectativa, ni aplaudía la llegada de Cleo, ni atacaba a la chica. Lo que era típico de Serena, pensó irónico mientras se ponía una camisa de seda azul marino.

Y Cleo...

Se abrochó la camisa con dedos impacientes estudiando su reflejo en el espejo. No quería volver a verla. No cuando su última imagen al lado de la piscina aún lo atormentaba.

La noche anterior había tenido una excusa para no ir a casa de su abuelo, así que sólo había llamado por teléfono. La cena con Sarah no había ido muy bien. Seguía enfadada por su ausencia de la noche anterior y estaba empezando a pensar que esa relación estaba llegando a su fin. El mal humor de ella había echado a perder la velada y se había alegrado de volver a su casa. Sabía que Sarah esperaba que se quedara a pasar la noche, pero ya había tenido bastante petulancia. Dudaba que hubiera podido mantener una conversación en condiciones y acostarse con ella...

Cerró los ojos, se abrochó los pantalones y entró en su dormitorio.

Sarah estaba de pie en el medio de la estancia. Era evidente que se había estado debatiendo entre sorprenderlo en el baño o en el vestidor, y su gesto se ensombreció cuando lo vio vestido.

Dominic casi había olvidado que la había invitado a la cena. La noche que había llegado le había parecido lo natural, en ese momento no lo tenía tan claro...

–Ya estás listo –dijo decepcionada.

–¿Qué esperabas? –dijo acercándose a darle un beso rápido en la boca–. Tenemos que estar allí en veinte minutos.

–No hay tanta prisa.

–Sí –dijo rotundo acercándose a recoger su móvil de la mesilla–. Le prometí a mi abuelo que sería puntual.

–Ah, el abuelo –dijo desdeñosa.

–Sí, el abuelo –repitió Dominic sin ganas de discutir. La miró–. Supongo que Nelson espera fuera, ¿por qué no vas delante? Tengo un par de llamadas que hacer antes de irnos.

–Pero vas a venir conmigo, ¿no?

Sarah estaba indignada, y Dominic se pasó una mano por la nuca.

–Pensaba llevar mi coche –dijo consciente de que se estaba portando mal, pero si dejaba que los llevara el chófer de los Cordy, Sarah esperaría pasar la noche en Cala Tortuga después de la cena.

¿Y qué había de malo en eso? ¡Todo!

Sarah captó el mensaje como pensaba que lo haría.

–Sigues enfurruñado –dijo acusadora–. Sólo porque estuve un poco seca contigo anoche, y con buenas razones para estarlo, has decidido castigarme.

–¡No seas ridícula! –Dominic deseó echarse a reír a carcajadas por la absurda acusación–. Sólo he pensado que sería más fácil si no dependemos de Nelson –dijo–. El abuelo ha decidido que quiere una reunión después de la cena. Te ahorraré tener que esperarme.

–¿Por qué no puede esperar Jacob hasta mañana si tiene que discutir algo contigo? Por Dios, tú eres quien está a cargo de los intereses de los Montero, no él.

–Que no te oiga él decir eso –señaló Dominic tratando de aligerar el tono–. De todos modos es una buena idea, además aún tengo un poco de desfase horario.

–Soy una fulana, ¿verdad? –dijo apoyándose en su hombro.

–No –no podía permitir que pensase eso, no le dejaba su conciencia–. Mira... podremos pasar más tiempo juntos cuando no tenga tantos compromisos –dijo no siendo del todo sincero. Le pasó un brazo por los hombros y la abrazó–. Ahora, las cosas están un poco... liadas. Lo siento.

–Lo dices porque está esa chica aquí –dijo malhumorada–. No sé en qué está pensando tu abuelo para traer una bastarda a La Colina de la Magnolia.

–Me gustaría que no hablaras así de ella, Sarah –dijo frío–. Pareces mi madre. No se puede culpar a Cleo por lo que hicieron mi padre y su madre antes de que ella naciera.

–¿Pero puedes entender por qué, con una dulce esposa como Lily, tu padre se arriesgaría a dejar embarazada a una mujer como Celeste Dubois? Quiero decir que es... repugnante.

–Sí, bueno...

Por desgracia, Dominic podía comprender a su padre perfectamente. Pero eso no lo pensaba reconocer.

Cleo estaba de pie al lado de la silla de su abuelo cuando vio a Dominic entrar del brazo de una rubia delgada.

Era tarde y más allá de las luces de la terraza estaba oscuro. Se oía el sonido del mar que le recordaba el paseo que había dado antes, el perfume de las flores se mezclaba con las caras fragancias de las invitadas.

Cleo ya estaba cansada de mantener una sonrisa en la boca. Su abuelo, y Serena, le habían presentado a muchas personas de las que no tenía esperanzas de recordar sus nombres.

Sabía que estaban allí por dos razones: agradar a su abuelo y echar un vistazo a la bastarda de Robert Montero.

Desde que los invitados habían empezado a llegar, había sido consciente de su interés. Consciente también de las conversaciones en susurros que tenían lugar detrás de copas levantadas y que versaban sobre lo que se parecía no sólo a su madre, sino a su padre también.

Nadie se lo había dicho a ella. Eran todos cordiales y educados, pero no los habría descrito como amigables.

Lo que probablemente se debía a que Lily se había pasado mirándola toda la noche dejando patente lo que pensaba de la actitud de su suegro.

–Por fin –murmuró su abuelo, y Cleo pensó que se refería a la llegada de Dominic–. ¿Dónde demonios habrá estado? –dijo sin dirigirse a nadie en particular–. Le había dicho que quería que fuese puntual.

Cleo pensó que tenía cierta idea de cuál había sido

la causa del retraso de su nieto. El modo en que la joven se colgaba de su brazo era una pista, y estaba segura de que habían compartido algo más que un viaje en coche. Pero eso no tenía nada que ver con ella, se dijo. Volvería a Inglaterra en poco tiempo y no volvería a ver a ninguno de ellos.

Dominic fue derecho a su abuelo deteniéndose sólo brevemente cuando lo abordó otro invitado.

Sarah, que había sido obligada a soltar el brazo, lo siguió por la terraza. Con sandalias, y un vestido corto de lentejuelas que le quedaba perfecto, tenía tanto glamur como había pensado que tendría una novia de Dominic.

Su vestido era mucho más caro que el sencillo vestido color jade que ella llevaba. Su piel tenía un aspecto de delicada porcelana que hacía parecer oscura la suya.

–Hola, abuelo –dijo Dominic cuando llegó a su altura–. Supongo que me toca donde el perro, ¿no?

–Eso depende de lo que puedas decir en tu descargo –dijo seco el abuelo–. ¿Dónde demonios estabas?

–El coche de Sarah se estropeó –dijo Dominic sin dudarlo, y Cleo no se creyó nada.

–¿Qué? –Jacob lo miró fijamente–. ¿No se te ocurre nada mejor, muchacho?

–Es la verdad –dijo mirando a Cleo.

Era evidente que ella tampoco lo creía, pensó deseando que no le importara tanto. Se volvió hacia Sarah y dijo:

–¿Quieres decírselo tú o se lo digo yo?

–Oh... –Sarah hizo un mohín gracioso, y Cleo se preguntó si era posible odiar a alguien que no se conocía–. Bueno, Nelson, el chófer de mi padre, señor Montero...

–Sí, sé quién es Nelson –interrumpió Jacob.

–Bueno, Nelson pensaba que mi padre había echado gasolina al coche y mi padre que Nelson –extendió las manos inocente–. Y resultó que nadie la había echado.

–¿Os habéis quedado sin gasolina?

–Sí –asintió Sarah sin poder evitar mirar a Cleo, y Dominic se dio cuenta de que estaba siendo muy grosero al no presentarla.

Pero odiaba hacerlo. Cleo estaba tan hermosa esa noche y no quería darle a Sarah la oportunidad de herir sus sentimientos. Así que se volvió hacia su abuelo.

–Es una suerte que no fuéramos juntos –dijo, y vio que los ojos de Cleo se abrían más–. Pasé diez minutos después en el todoterreno y les llevé gasolina.

–¿Y no podías haber llamado al taller y que les hubieran asistido ellos? –preguntó Jacob, y contestó Sarah.

–Llamó al taller a San Clemente, señor Montero, pero ya no había nadie a esa hora. Y no podíamos dejar que Nelson volviera andando a casa, ¿no?

–Supongo que no –dijo gruñendo. Miró a Cleo–. Supongo que tendremos que perdonarle, cariño. Por cierto, no conoces a la novia de Dominic, ¿verdad? –hizo una pausa–. Es Sarah, Cleo. ¿Por qué no le preguntas si quiere beber algo?

–He estado aquí suficientes veces como para saber dónde está la bebida –dijo Sarah, y se agarró al brazo de Dominic–. ¿Verdad que sí, Dom, cariño? ¿Qué tal... Cleo? ¿Disfrutas de tu estancia en La Colina de la Magnolia?

–Mucho –empezó a decir Cleo, pero su abuelo le tomó una mano entre las suyas.

–Esperamos que considere la posibilidad de hacer de San Clemente su hogar –dijo con un tono de voz que recorrió toda la terraza–. ¿No es así, Dom? Tú estás completamente a favor, ¿no?

¡El viejo demonio!

Dominic apretó los dientes un momento. El anciano sabía que jamás habían hablado de ello, a pesar de que él sospechaba lo que su abuelo tenía en mente.

Antes de que pudiera decir nada, Cleo respondió incómoda:

–Creo que nunca hemos hablado de eso hasta ahora... Jacob –rechazaba llamarle abuelo delante de tanta gente, aunque fuera así como pensaba en él–. Y no creo que sea el momento o el lugar...

–¡Tonterías! –pero pareció darse cuenta de que la había puesto en una situación difícil y le dio una palmada en la mano–. Lo dejaremos por ahora –miró a su alrededor–. ¿Dónde está Luella con los canapés? Le he dicho que los sirviera en cuanto llegaran los invitados.

Se relajó el ambiente cuando Jacob se puso en pie rechazando la ayuda de sus nietos.

Dominic se dio cuenta de que Cleo estaba más molesta por lo que había pasado que Sarah. Él estaba acostumbrado a las salidas de tono de su abuelo, pero ella no, y soltándose de Sarah, dijo:

–Vamos, bebamos algo. Hizo un gesto en dirección a la copa de Cleo–. ¿Es piña colada?

–¿Esto? –preguntó sorprendida–. No, sólo zumo de piña –dijo consciente del disgusto de Sarah por la evolución de los acontecimientos–. Y no quiero más, gracias.

–Bueno, yo sí –dijo rotundo, y agarrando el codo de Cleo la guió hacia la barra.

Se arrepintió de inmediato. Había olvidado lo suave que era su piel, su aroma que esa noche era una mezcla de almizcle y especias con alguna fragancia tropical.

El lateral de su pecho era tan cálido y estimulante en sus dedos repentinamente húmedos. Y si llevaba sujetador, no conseguía ocultar sus pezones que presionaban contra la tela del vestido.

Su excitación era tan dolorosa como inapropiada con Sarah, la chica que había llevado a la fiesta, justo detrás de él. Sentía que el suelo se movía bajos sus pies.

Deseaba tocar a Cleo, no como la tocaba en ese momento. No, sino en privado, íntimamente. Enterrar sus manos en el sedoso cabello y otra parte de su cuerpo, que estaba caliente y dura y llena de vida, en otra parte igual de suave, pero tensa y húmeda.

Debió de apretar los dedos sin darse cuenta porque ella se volvió a mirarlo con unos tan abiertos como los suyos.

La soltó bruscamente y se apresuró hasta un lugar donde un puñado de camareros servían las bebidas.

–Whisky –dijo sin dudarlo–. No, sin hielo. Solo –se llevó el vaso a los labios y se bebió la mitad antes de volverse hacia las chicas.

Cleo deseaba que la hubiera acompañado su abuelo, era demasiado sensible a la presencia de Dominic y de que, en otras circunstancias, no lo habría dejado escapar.

Cuando la había tomado del brazo, su calor la había invadido. Había deseado frotarse contra él, como un gato.

Aún se sentía así y tenía que recomponerse porque Sarah la estaba mirando.

–¿Cuánto tiempo piensas quedarte en la isla? –Sarah fue al grano y Cleo se sintió agradecida.

–Sólo unos días más –dijo bajando la voz para que no la oyera Dominic.

–Ah... –pareció sorprendida, pero contenta–. Así que no estás pensando en quedarte a vivir aquí.

–De momento, no –respondió sin querer decir nada que ofendiera a su abuelo.

Agradeció que alguien llamara a Sarah. La chica no le disgustaba, sólo era que no tenían nada en común. Excepto Dominic...

–Toma.

Se vio obligada a mirar cuando Dominic le quitó la copa y le dio otra.

–¿Qué es esto? –protestó–. Te he dicho que no quería nada más –olió la bebida–. ¡Además tiene alcohol!

–Claro que sí –dijo Dominic acabándose su bebida–. Se supone que esto es una celebración. No puedes celebrar algo con zumo de piña.

–¿Quién lo dice? –dejó la copa en la barra–. Me pregunto dónde estará tu abuelo. Quizá debería ir a buscarlo.

–No –dijo en un tono apenas audible–. El viejo sabe lo que hacer –suspiró profundamente–. Ya me gustaría saberlo a mí.

Lo miró desconcertada, y Dominic pensó que sería feliz de ahogarse en esos ojos.

–Yo... no sé qué quieres decir –dijo Cleo casi sin aliento.

Dominic sentía que su erección amenazaba con ponerlo de rodillas.

«Sí lo sabes», le dijo con mirada acusadora. Pero en ese momento apareció Sarah y Cleo aprovechó para escabullirse.

Capítulo 8

CLEO paseaba por la orilla en la fresca mañana. Apenas había amanecido y, a parte de unas cuantas aves marinas, estaba sola en la playa.

Todos los invitados se habían ido de madrugada. Se habían quedado mucho más de lo que esperaba, incluso su abuelo que se había retirado después de medianoche. En su ausencia se había esforzado por atender a sus invitados. Al poco de empezar la fiesta había llegado un grupo de músicos antillanos y ella había pensado en ruidosa percusión, pero se había equivocado, los músicos habían empleado sus tambores metálicos para producir melódicos sonidos líquidos que jugaban con los sentidos como el viento.

Se había despejado la zona de alrededor de la piscina y había habido baile. Aunque había bailado con un par de amigos de Jacob, había huido de los jóvenes como de la peste.

Lo último que quería era que esa gente, que probablemente ni ella les gustaba ni confiaban en ella, se hiciera la idea de que era como su madre. No sabía mucho de Celeste, sólo lo que le había contado su abuelo, pero nada podía cambiar el hecho de que había tenido una aventura con un hombre casado. Su patrón, ni más ni menos.

Suponía que desde el punto de vista de los Montero, la velada había sido un éxito. Había sido presentada a la sociedad de San Clemente y las intenciones de Jacob para con ella habían quedado claras.

Pero se equivocaban. Se había producido un sutil cambio de ambiente cuando Jacob se había retirado. Nadie había sido grosero, pero sus preguntas sobre su vida en Inglaterra habían sido más mordaces. Había tenido la sensación de que la trataban con una mezcla de curiosidad y reproche.

Pero no era culpa suya que su padre se hubiera acostado con su madre, se dijo con fuerza. Y si se habían enamorado...

Se había asegurado de mantenerse lejos de Dominic. Y con Sarah constantemente a su lado, no había sido difícil. Además, con comentarios sobre una posible boda en los labios de todos, ella tenía poco que aportar.

Se había preguntado más de una vez si Sarah hablaba tan alto por ella. Era evidente que desconfiaba de ella y parecía tener mucho en común con la madre de su novio.

Se había alegrado de dejar la fiesta a las dos de la madrugada. No estaba cansada, pero ya estaba harta de ser tratada como las sobras del banquete.

Eran un poco pasadas las seis y había salido de la casa con una sensación de liberación. Quería alejarse no sólo de la mansión, sino de sus pensamientos.

La marea subía y el agua fresca le mojaba los pies. Se quitó las sandalias y metió los pies en el agua. Había sido una tontería bajar a la playa con tacones, pero aún llevaba el vestido de la fiesta. Había pasado las tres horas anteriores despierta encima de la cama y no le había apetecido cambiarse.

Se agachó para observar la espiral de una caracola cuando notó las vibraciones de unos pasos en la arena. Alzó la cabeza y vio un hombre que se acercaba, su perfil era indistinguible a la luz del amanecer. Estaba lejos, pero corría en su dirección.

Parecía Dominic, pero no podía ser él. Había ido con Sarah a la fiesta, lo normal era que la hubiera acompañado a su casa, o a la de él, si se guiaba por las intenciones de la chica.

¡Pero era Dominic!

Era evidente que disfrutaba corriendo a juzgar por las manchas de sudor en la ropa. A pesar de que no había dormido, se le disparó el nivel de adrenalina.

–Hola –dijo Dominic al llegar a su altura–. ¿Vas a algún sitio? –preguntó al verla aún con el vestido de la fiesta.

–No me he acostado –dijo como si fuera evidente–. Lo siento, ¿supone un problema?

Dominic pensó que claro que suponía un problema, pero tras lo que había ocurrido en la fiesta, estaba decidido a mantener las cosas tranquilas.

–Para mí no –dijo inclinándose hacia delante y apoyando las manos en las rodillas para evitar mirarla. Al final tuvo que levantarse–. Bueno, ¿te gustó la fiesta? Recuerdo haber visto desaparecer a la invitada de honor.

Cleo se obligó a mirar al horizonte.

–No era la invitada de honor –dijo tensa–. O si lo era, tus invitados no lo sabían.

–¿Qué se supone que significa eso? ¿Qué te han dicho?

–Oh... nada.

Deseó no haber sacado el tema. No con él tan cerca como para notar el calor que desprendía su cuerpo. Podía oler su sudor y olerlo a él y eso hacía que se le quedara la boca seca.

–Olvídalo –dijo tratando de comportarse con naturalidad–. ¿Por qué no estás en, cómo se llama tu casa, Cala Pelícano? –hizo una pausa y añadió–: ¿Se ha quedado Sarah también?

–Quiero saber qué te ha molestado –ignoró su pregunta–. ¿Dijo algo mi madre? ¿Sarah?

–Cielos, no –extendió las manos sin mirarlo–. Pero afrontémoslo, tus invitados no sólo fueron educados, también fueron... curiosos.

–Es normal que fueran curiosos...

–Me hago cargo –se permitió mirarlo un instante–. Han sido curiosos y... desconfiados. ¡Creen que quiero el dinero de Jacob! –hizo un sonido de disgusto–. Si supieran...

–Si supieran ¿qué?

Dominic la agarró del brazo y al instante sintió como si la piel le ardiera. El dolor que sintió en el bajo vientre fue puramente sexual mientras unos estremecimientos salvajes le bajaban por las piernas.

Sintió un urgente deseo de abrazarla, de permitir que la fiebre que sentía dentro tomara el control de su cuerpo.

–Da lo mismo –dijo ella alejándose de él.

Dominic se pasó la mano por el pelo. Sentía otra vez el dolor entre las piernas. Bajó la vista y vio la prueba de una erección. ¿Qué provocaba en él esa mujer? Un roce y su cuerpo tomaba el control.

–Creo que exageras la reacción de la gente –dijo áspero en un esfuerzo por controlarse.

–Bueno, yo no quiero el dinero de tu abuelo –dijo ella–. Así que díselo a quien quiera escucharlo. Me marcharé en unos días, así que tampoco importa mucho.

Dominic la miró con angustia. Maldición, no quería que se marchase, pero decírselo sería una locura. No quería esa clase de compromiso ni con ella ni con nadie.

Tenía que sacarse de la cabeza la posibilidad de mantener cualquier clase de relación con ella.

Gruñó y abandonó cualquier tentación de razonar

con ella. Se lanzó al agua con la esperanza de que el océano tranquilizase sus emociones.

Cleo miró asombrada lo que hacía: se había metido en el agua con camiseta y pantalones cortos. ¿Estaba loco o sólo era un imprudente? ¿Por qué le importaba tanto lo que hiciera?

Lo miró mientras nadaba contra las olas. El peso de la ropa no parecía entorpecer su avance, pero seguía igual de preocupada.

Se permitió avanzar un poco más en el agua y deseó tener el valor de hacer algo temerario. Mientras el agua giraba alrededor de sus tobillos, notaba el errático latido de su corazón.

Dominic casi había desaparecido, sólo se veía su cabeza entre las olas. Esperó que supiera lo que hacía, que tuviera el buen sentido de saber cuándo darse la vuelta.

Una fina línea dorada iluminaba el horizonte y a la creciente luz pudo ver, aliviada, que nadaba hacia la orilla. Envidió cómo nadaba, la fuerza con que sus brazos atacaban las olas. Parecía un depredador moviéndose en el agua y supo que, si tuviera sentido común, haría tiempo que se habría marchado de la playa. Pero esperó.

Dominic alcanzó la orilla, se puso de pie y caminó hacia ella. Goteaba por todas partes. Se echó el pelo hacia atrás con las dos manos y sus miradas se encontraron. Sabía que ella lo había estado mirando y, al bajar la vista, se dio cuenta de que el agua no había hecho nada para aplacar su deseo.

Con una sensación de inevitabilidad, recorrió la distancia que los separaba. Después, antes de que ella pudiera hacer nada, la rodeó con los brazos. Su boca encontró la de ella y fue tan dulce y exuberante como había imaginado. Su lengua exploró y encontró la entrada y ella se abrió para él dando la bienvenida a su invasión.

El mundo de Cleo empezó a girar. Para no caerse, apoyó las caderas contra el abultado pantalón.

–¡Cleo!

Oyó su rugido estrangulado como desde la distancia. Pero ninguna protesta podría detener el asalto que él hacía a sus emociones.

Sus lenguas se enredaron y Cleo sintió como si se ahogara en un mar de sensaciones. Dominic profundizó el beso, sus manos deslizaron los estrechos tirantes del vestido por los hombros. Parecía deleitarse en la suavidad de la piel olivácea.

Cuando la fina tela cayó, Cleo hizo un vano intento de detenerla. Se separó del beso y lo miró salvajemente, jadeando.

–Déjame –insistió Dominic soltándole los dedos.

Cuando el vestido cayó hasta la cintura, envolvió los pechos con las manos. Los pulgares acariciaron los sedosos pezones. Ya estaban erectos, notó, hinchados de necesidad. Entonces, cayendo de rodillas delante de ella, dejó que el vestido llegara hasta los tobillos. Parecía no importarle que estuviera tan mojado como lo estaba él. Enterró el rostro en el trémulo vientre de ella.

Cleo temblaba entera, por mucho que lo intentaba no podía pensar con coherencia, mucho menos apartarlo de ella. Estaba desnuda salvo por el tanga de encaje que Norah le había asegurado era lo que necesitaba debajo de esa finísima gasa. Cuando Dominic le lamió el ombligo, dejó escapar un grito.

El cuerpo de Dominic era un incendio. Al apoyar el rostro contra esa suavidad su exótico aroma llenó sus pulmones. Era satén y seda, las más raras especias y respondía tan bien. Agarró con las dos manos la parte trasera de sus muslos. Quería arrancarle ese minúsculo trozo de encaje que apenas cumplía su función porque unos oscuros rizos asomaban a ambos lados y se preguntó si esos ocultos labios estarían húmedos. Supuso que sí. Sus manos subieron a las redondas nalgas. Sólo tocarla así era el cielo y el infierno.

Quería tocarla entera, tocarla y saborearla y separar esas preciosas piernas para poder...

La cordura lo golpeó como un martillo. Estaban allí, en una playa privada, era cierto, pero uno de los hombres de su abuelo rastrillaba la arena todas las mañanas. ¿Cómo se sentiría Cleo si alguien los veía? Aunque él no tuviera inhibiciones, estaba seguro de que ella sí.

Abandonando la erótica imagen de acostarla en la cálida arena y aliviar la dureza que le había provocado verla en la playa, se puso de pie.

Maldición, llevaba excitado desde su roce en la fiesta. La había deseado entonces y la deseaba en ese momento.

Mientras se ponía de pie no pudo negarse el placer de llevarse uno de sus pechos a la boca. Era todo insoportablemente sensual, ese deseo carnal tenía que hacer que ella lo deseara tanto como él a ella.

El inconfundible sonido del tractor hizo que se detuviera antes de quitarse la camiseta para abrazarla y sentir esos duros pezones en su pecho.

–¡Por Dios, suéltame!

Dominic no supo si las desesperadas palabras de Cleo surgían de una tardía resistencia o una súbita conciencia de que se acercaba un tractor, pero fueron un impactante recordatorio de lo que hacía, de lo que había hecho.

Con remordimientos, se apartó de ella tambaleante. Cuando se iba a agachar a por el vestido, ella se le adelantó. Temblorosa se puso la prenda, se colocó los tirantes en los hombros y contempló horrorizada lo mojado y sucio que estaba.

Cleo había oído el motor, pero se preguntaba quién

conduciría una máquina por la arena a esas horas de la mañana. Fuera quien fuera, le estaba agradecida, pensó evitando la mirada de Dominic.

¿En qué había estado pensando? ¿Cómo había permitido que sucediera algo así? Después de todo lo que había dicho, ¿cómo había sido tan estúpida?

El vestido estaba arrugado y mojado, parecía lija contra su sensible cuerpo. ¿Cómo iba a entrar en la casa sin que se dieran cuenta? Podía imaginarse cómo se sentiría si alguien, mucho más Lily, la veía.

–Cleo, maldita sea...

Dominic alargó una mano mientras ella agarraba las sandalias y empezaba a alejarse de él.

–Vete a casa, Dominic –dijo casi sin aliento–. Esto... esto nunca ha sucedido.

–Los dos sabemos que sí –dijo él con voz ronca mientras el tractor aparecía a la vista–. ¿Por qué no dejas que te lleve a mi casa? Podemos secar el vestido...

–Sí, claro –lo miró incrédula–. ¿De verdad piensas que voy a ir a algún sitio contigo?

Miró alucinada el enorme vehículo, se apartó un poco más de él y tambaleándose ligeramente corrió hacia la casa. Dominic soltó un juramento. Se pasó las manos por el pelo viéndola desaparecer por la cancela que separaba la playa del jardín. Esperó que no se encontrara con su madre. Lily ya desconfiaba de ella y no mediría sus palabras. Si descubría a Cleo en ese estado y después se enteraba que él había estado en la playa con ella, exigiría una explicación.

Una que él no tendría que dar, admitió severo. Tenía la sensación de que ese día todo iba a ir de mal en peor.

Capítulo 9

QUÉ DEMONIOS has hecho con mi nieta?

Era tarde esa misma mañana.

Dominic no sabía si Cleo había conseguido entrar en la casa sin encontrarse a Serena o a su madre, pero era evidente que nada escapaba a la vista de águila de su abuelo.

No estaba de humor para tener una discusión. Había vuelto a su casa para darse una ducha y cambiarse antes de volver a las oficinas centrales de Montero Corporation en San Clemente. Después había informado a su equipo de que no quería que lo molestasen, pero eso no había sido tenido en cuenta cuando Jacob había exigido verlo.

Había oído a través de la puerta las órdenes del anciano a su asistente. Cuando entró, él ya estaba de pie listo para defenderse. Pensó que era típico de él elegir ese día para hacer una de sus infrecuentes incursiones a la ciudad.

La asistente de Dominic, Hannah Gerard, una agradable mujer de mediana edad, entró ansiosa detrás del visitante.

–¿Quieren que les traiga café? –preguntó a los dos.

Fue Jacob quien respondió agitando el bastón el aire.

–Ahora no, señora. Quiero hablar con mi nieto. Se lo haremos saber si queremos algo. Y ahora, ¡lárguese!

Hannah se ruborizó y Dominic rodeó la mesa para tomarla del brazo.

–Gracias, Hannah –dijo amable acompañándola a la puerta–. Como dice el señor Montero, estamos bien. Te llamaré si queremos algo, ¿vale?

–Sí, señor.

Dominic cerró la puerta y se apoyó en ella para contemplar a su visitante. Jacob no era tan brusco con sus empleados habitualmente.

–¿Pasa algo?

–Dímelo tú.

Jacob se sentó en el sillón que había frente a la mesa de Dominic.

–¿Qué demonios has hecho con mi nieta?

Dominic contuvo la respiración y después suspiró largamente. No tenía sentido negar que había estado con Cleo. De algún modo Jacob lo sabía. O eso pensaba.

Intercambió una mirada con su abuelo preguntándose si alguien los habría visto y se lo habría contado. ¿Qué habrían visto? ¿Todo? Su bajo vientre se calentó con el recuerdo. ¿O Jacob iba de pesca al descubrir que Cleo estaba empapada?

Se separó de la puerta y rodeó su mesa. Apoyó las manos abiertas y dijo finalmente:

–¿Qué crees tú que he hecho?

–No te hagas el listo conmigo, Dom. Sé lo que hacíais. Os he visto –hizo una mueca de triunfo–. Olvidas que me levanto pronto por la mañana y que mi balcón da a la playa.

Dominic contuvo un gemido. Recordó con toda claridad lo que habían, había hecho. Incluso desde la distancia era imposible que no hubiera visto que la había besado. Y que casi la había desnudado, se había arrodillado en la arena, apoyado su rostro en...

–¡Has estado a punto de... acostarte con ella! –exclamó airado–. ¿No te importaba que la gente pudiera veros? ¿Tu madre, por ejemplo?

Dominic se encogió de hombros y se sentó en su sillón.

–No pensaba –dijo sincero–. Ha sido un error –hizo una pausa–. No volverá a suceder.

–¡Por supuesto! –lo miró con ojos penetrantes–. Pensaba que tenías más sentido común. ¿No ves que la chica es frágil, vulnerable?

–Ya ha quedado claro, viejo. No tienes que darle más vueltas. He cometido un error y lo siento, ¿vale? No voy a arruinar su vida.

–¿Como tu padre arruinó la de su madre? –sugirió Jacob malicioso–. No, no lo permitiré.

–Mira –rugió Dominic–. ¿Tiene algún sentido esto? He dicho que lo siento y se acabó.

Jacob dudó un momento y suavizó sus modos.

–Pero te gusta esa chica, ¿no? Ya sé que sí, vaya pregunta más tonta. Todo ese sedoso pelo negro y esa piel tan suave. Te tiene desquiciado, ¿verdad?

Dominic lo miró boquiabierto.

–¿Me estás diciendo...?

–Que te tiene desquiciado –repitió impaciente–. Sobreponte, muchacho. Sólo estoy diciendo que puedo entender que un jovenzuelo como tú se haya enamoriscado de ella. Es mucho más que la mayoría de las chicas que llevas a mi casa.

–Hace un minuto me estabas recordando mis responsabilidades –dijo incrédulo.

–Lo sé, lo sé –agitó el bastón–. Pero a lo mejor he sido demasiado impulsivo. Quizá Cleo y tú debáis estar juntos. Mi nieto y mi nieta. Sí, una imagen muy apetecible.

–¡No!

–Aún no has oído lo que tengo que decirte –dijo áspero–. No te anticipes antes de que te diga lo que tengo en la cabeza.

–Me da lo mismo lo que tengas en la cabeza –respondió Dominic desagradable–. Estaba fuera de mí esta mañana. Lo admito. Pero si crees que puedes manipularme como manipulas a Serena, estás muy equivocado. Y si no te gusta, pues...

Su abuelo no reaccionó como esperaba. En lugar de discutir con él, una sonrisa burlona apareció en su rostro.

–Vale, vale –dijo–. Si así es como te sientes, no diré nada más –apretó el botón del intercomunicador que había en la mesa–. Ahora sí tomaremos ese café, ¿vale? Parece que necesitas un estímulo para recuperarte.

Dominic se frotó el rostro con las manos y se dio cuenta de que se le había olvidado afeitarse. Estaba agitado y frustrado en igual medida.

Cuando Hannah llamó tímidamente a la puerta, Jacob le dijo que pasara. Pidió dos cafés con una educación que haría pensar a la mujer que se había imaginado lo de antes.

–Bueno –dijo el anciano cuando se marchó Hannah–, ¿qué piensas hacer el resto del día? Había pensado en enseñarle a Cleo la ciudad, hacerle probar lo que se ha perdido todos estos años. ¿Qué te parece?

Dominic se mordió el labio inferior.

–¿Qué quieres decir? Pretendes traerla aquí, ¿no?

–¿Por qué no? –dijo en un tono irritantemente suave–. No tienes objeciones, ¿verdad?

–No –pero se le tensaron los nervios al pensar en volverla a ver–. Sólo que... no creo que ella quiera.

–¿Por qué? –dijo desconfiado–. ¿Qué te ha dicho ella?

–Nada –suspiró resignado–. Dios, viejo, no me habla.

–No, ya lo he notado –remarcó cortante–. Pero

quiero que sepas que espero persuadir a Cleo para que se quede a vivir en San Clemente. Y no quiero que hagas nada que eche a perder mis planes.

–Seguramente lo harás tú solo –murmuró, y Jacob lo miró enfadado.

–¿De qué estás hablando?

–Oh... –deseó no haber sacado el tema–. Sólo creo que ella no es feliz aquí.

–¿No lo pasó bien en la fiesta? –Jacob podía ser desconcertantemente astuto–. Me he dado cuenta de que esta mañana llevaba el mismo vestido que anoche. ¿La ha molestado alguien? ¿La has molestado tú? –Dominic resopló y su abuelo siguió–: No, no respondas a eso. Por supuesto que la has molestado tratando de seducirla. Dios, ¿no tienes ningún respeto por ella?

–Claro que lo tengo –dijo enfadado rechazando admitir que su conducta tuviera algo que ver con el modo en que ella se sentía–. Mira, no puedes esperar que le guste a todo el mundo que la conozca sólo porque tú lo digas.

–Así que alguien ha dicho anoche algo que la ha molestado. Después de que me fuera a la cama. Me juego algo –frunció el ceño–. Continúa. Debes decirme lo que sepas.

–Quizá –empezó reacio–, quizá... la gente haya hecho preguntas. Tienen curiosidad. No se lo puedes reprochar.

–¿No?

La reaparición de Hannah propició una pausa en la conversación. Dominic le dio las gracias y le dijo que él se ocuparía de servir los cafés. Sirvió dos tazas y volvió a sentarse en su sillón.

–Le han hecho reproches, ¿no? –dijo Jacob sin prestar atención al café–. Esos idiotas le echan la culpa por lo de sus padres –golpeó el suelo con el bastón–. Maldición, Dom, es irracional. No fue culpa suya.

–Lo sé –dejó la taza de café encima del platillo–. Y en su momento la gente empezará a verlo así... verá en ella la atractiva joven que es.

–¿Cómo has hecho tú? –preguntó sarcástico–. ¿O eres como ellos? ¿El modo en que la has tratado esta mañana es un ejemplo de lo que realmente sientes por ella?

Cleo estaba al lado de la piscina mirando el agua azul cuando su abuelo se acercó a ella.

Era la mañana siguiente al día del desastroso encuentro con Dominic en la playa y se sentía aliviada por no haber vuelto a verlo.

El día anterior sólo había tenido la compañía de Serena y Lily. Dominic se había ido después del desayuno y cuando se había aventurado a bajar las escaleras había descubierto que tenía el comedor para ella sola. No tenía hambre. Un poco de zumo, café y fruta había sido suficiente.

La comida había sido un asunto diferente.

Serena y Lily habían compartido mesa con ella y Serena le había informado que su abuelo se había marchado a la ciudad.

–Ha ido a la oficina a ver a Dominic –había respondido tensa a una pregunta de su cuñada–. Pero debería estar descansando, Lily, no arriesgando su salud por algo por lo que no puede hacer nada.

"O alguien", había pensado incómoda Cleo cuando Lily la había mirado. Pero no veía cómo podía ser ella responsable de la conducta de su abuelo. Ni siquiera había hablado con él desde la noche anterior.

–Jacob siempre ha sido testarudo –había afirmado Lily despreocupada–, pero Dominic no le dejará hacer ninguna tontería. Sea lo que sea lo que se le ha metido en la cabeza.

Cleo había contenido el aliento.

–Espero que no esté sugiriendo que yo tengo algo que ver con que Jacob haya ido a la ciudad –exclamó a la defensiva.

Incluso Serena se sorprendió por su acalorada intervención.

–¿Por qué? No

Por una vez Lily parecía haberse quedado sin palabras, así que presionó.

–Pero sí piensa que yo tengo algún motivo oculto para haber venido aquí, ¿no? Usted cree que lo que quiero es el dinero de Jacob, ¿verdad? ¿De verdad cree que alguna cantidad de dinero puede compensarme por lo que he perdido?

Lily estaba un poco nerviosa.

–Eso es fácil de decir, señorita Novak...

–No, no es fácil de decir, señora Montero.

Cleo se había hartado de ser la víctima silenciosa y, aunque le costara reprimir las lágrimas, tenía que hablar.

–Yo era feliz en Inglaterra, lo crea o no. Hace seis meses no tenía ninguna preocupación.

Bueno, eso no había sido exactamente la verdad. Todo el mundo tenía problemas, incluso una mujer rica como Lily que tenía que estar deshecha por la traición de su marido, lo mismo que ella.

–Tenía... una buena casa –había continuado un poco ronca–. Una familia, un trabajo que me gusta –hizo una pausa–. Cuando mis padres, los únicos padres que he conocido, murieron, quedé hecha pedazos. No pensaba que pudiera sucederme nada peor. Y entonces... y entonces Serena apareció y me dijo que toda mi vida había sido una mentira.

–Estoy segura de que Lily no quería ofenderte, Cleo –había interrumpido Serena ansiosa.

Sabía que Jacob no estaría muy contento si creía que habían molestado a su nieta.

–¿Es eso cierto?

Cleo había sostenido la mirada de la madre de Dominic y ésta se había encogido de hombros.

–Quizá me he precipitado un poco al juzgarla, señorita Novak –había reconocido recorriendo el borde del plato con una uña pintada de color púrpura–. Ya veremos.

Cleo había dejado pasar su reluctancia a reconocer nada para evitar una situación más desagradable, pero ¿cómo podía mantener esa animosidad contra una mujer tan víctima como ella?

Serena había calmado las aguas con un comentario sobre el paté de langosta que extendía sobre una rebanada de pan. La madre de Dominic había parecido igual de ansiosa que ella por cambiar de tema. Y no le había vuelto a dirigir la palabra el resto de la comida. Cleo no había dejado de preguntarse si aún creería que ella había querido ir allí.

El resto del día había sido una especie de anticlímax. Serena se había ofrecido a llevarla de compras a San Clemente, pero ella había rechazado amablemente la invitación. Estaba segura que la incitación era un modo de suavizar las cosas, pero ella no quería imponerle su presencia a nadie.

Había pasado un rato en la piscina antes de meterse en su habitación para estar tirada en la cama un par de horas. La noche sin dormir le había afectado y había bajado casi a la hora de cenar. Había descubierto que sólo cenarían Serena y ella.

–Mi padre te envía sus disculpas –había dicho Serena–, pero ese viaje a la ciudad ha sido demasiado para él. Hace más cosas de las que le permite su cuerpo –sonrió forzada–. Mañana estará bien.

–¿Seguro? –había dicho sinceramente preocupada.

–Oh, sí. Quiere que desayunes con él. Créeme, nada reducirá su deseo de pasar tiempo contigo.

Y en ese momento, como prueba de ello, Jacob agarró el brazo de Cleo.

–Vamos –dijo–. Podemos hablar durante el desayuno. Pensaba que te gustaría probar las tortitas de Luella. Son las favoritas de Dominic –la miró de soslayo–. Es una pena que no esté él.

Cleo se permitió una media sonrisa, pero no dijo nada. Si su abuelo hubiera sabido lo que estaba pasando, no sería tan generoso con el joven. Pensó qué diría Jacob si se lo contaba, pero nunca había sido una chivata y no iba a empezar a serlo.

Desayunaron en el comedor como dos días antes. Las tortitas estaban deliciosas, pero volvía a no tener hambre. Pensó que, si se quedaba mucho tiempo, acabaría tan flaca como Serena.

–Pensaba llevarte hoy a San Clemente –dijo Jacob–. Comeremos con Dom, creo que en el yate. Es hora de que sepas más cosas sobre Montero Corporation.

–Oh... –se le secó la boca. Lo último que quería era estar con Dominic–. Esto... ¿la novia de tu nieto estará también?

–¿Te refieres a Sarah? –preguntó–. No, no creo, ¿por qué? –alzó las cejas–. ¿Os habéis hecho amigas?

–Hablamos muy poco –murmuró, y su abuelo resopló.

–No creo que tengáis mucho en común –dijo, y al alzar la vista Cleo lo vio sonreír–. Excepto a Dom, ¿no?

–¿Qué quieres decir?

Las palabras salieron de su boca antes de poderlo pensar.

–Bueno, tu hermano te gusta, ¿no? Me pareció cuando llegasteis que confiabas en él, mucho.

–No es mi hermano –apretó los labios.

–Mejor –dijo desdeñoso–. De todos modos, ¿importa? Los dos sois mis nietos. Y cuando yo me muera y Serena se case, tú serás la única Montero que quede.

Cleo se quedó boquiabierta.

–No sabía que Serena se fuera a casar.

–Tampoco ella... todavía –sonrió con una mueca–. Pero Michael Cordy, el primo de Lily, y ella han sido amigos desde niños. Y él busca sustituta a su esposa muerta.

–¿Pero lo ama? –preguntó incrédula.

–Bueno... –reflexionó–. Lo rechazó una o dos veces hace tiempo por una errónea impresión que tenía de que yo la necesitaba. Pero eso fue antes de que él se casase con otra –soltó una risita–. Es asombroso lo atractiva que se vuelve una fruta prohibida –hizo una pausa–. Supongo que eso ya lo sabes.

–¿Yo? ¿Por qué habría de saberlo?

–Porque... tu padre y tu madre... ¿Qué creías que quería decir? –preguntó inocente–. Si su relación no era fruta prohibida, entonces no sé qué lo es.

–Ah... –tragó un poco convulsa sin estar totalmente convencida de su sinceridad.

Pero no podía saber nada de Dominic y ella. No, si Dominic no se había ido de la lengua y algo le decía que jamás haría algo así.

–Da lo mismo... ¿qué te parece –preguntó Jacob– la excursión que te he preparado? Te gustaría conocer San Clemente, ¿no? Esta isla es tu hogar. Quiero que la ames tanto como yo.

Cleo no podía pensar en quedarse allí, pero eligió sus palabras con cuidado.

–Me... me gustaría ver San Clemente, claro –dijo–. Pero igual podríamos ir a la ciudad y no quedarnos a comer –hizo una pausa–. Serena me ha dicho que ayer te cansaste mucho y no quiero que pongas en peligro tu salud por hacer muchas cosas hoy.

–¡Tonterías! –dijo impaciente–. Cuando no sabes cuánto tiempo te queda, no dejas para mañana lo que puedes hacer hoy. Créeme, querida, no tengo intención de matarme. Como he dicho, comeremos en el yate. Te gustará. Después descansaré en un camarote mientras Dom te da una vuelta por la ciudad.

–Quizá Dominic no quiera... no tenga tiempo –se corrigió enseguida– de llevarme.

–Lo sacará –afirmó rotundo–. Es su propio jefe, nadie le dice lo que tiene que hacer.

«Excepto tú», pensó ella mientras Jacob le guiñaba un ojo.

–¿Ya has terminado? –preguntó el anciano–. Bien. Pues vete a por tu bolso o lo que sea que te haga falta. Diré a Sam que vaya sacando el coche. No tardes.

Cleo deseó decir que Dominic no querría comer con alguien por quien sentía tan poco respeto. Sugerirle que empezara a preparar las cosas para su regreso a Inglaterra al final de esa semana en lugar de la siguiente.

Pero por encima de todas sus objeciones, sentía una inconfundible excitación. Era una locura.

Capítulo 10

DOMINIC se puso cómodo en su silla de cuero blanco y acero cromado y deseó que el vaso que tenía en la mano contuviera whisky en lugar de vino.

El vino era muy bueno y su abuelo era una especie de experto, pero él necesitaba algo más fuerte. Algo que evitara que sus ojos se fijaran constantemente en Cleo.

Había tratado de concentrarse en el paisaje. Estaban comiendo en el yate de la empresa bajo un toldo y el entorno era espectacular. La pequeña ciudad de San Clemente ascendía por la colina detrás del paseo marítimo con sus fachadas de colores y sus tejados de teja roja que contrastaban de un bonito modo con el azul del mar.

La brisa rizaba el mar, sacudía el toldo y agitaba algunos mechones de cabello sobre los hombros de Cleo.

Maldición. Era tan atractiva. Llevaba una camiseta que dejaba ver los hombros de un tejido color bronce que resaltaba sus pechos y se estrechaba en las caderas. Unos pantalones pirata que mostraban unas hermosas pantorrillas y unos tobillos pequeños. Una pulsera de oro en uno de ellos había atraído su atención y le había hecho reparar en los tacones de doce centímetros.

Llevaba unos enormes aros de oro en las orejas también y el cabello retirado del rostro y recogido en la nuca con un pañuelo de gasa. Pero eso no impedía que algunos mechones vagaran errantes causándole gran congoja.

Se terminó el vino que le quedaba en el vaso y agarró la botella de Merlot mientras su abuelo seguía hablando.

–¿No es bonito? –dijo dirigiéndose a los dos–. Mis dos nietos y yo comiendo juntos. ¿Qué podría ser más hermoso, Dom?

–Nada –dijo seco Dominic rellenando su vaso de vino–. ¿Qué podría ser más hermoso?

Cleo lo miró recelosa. Le cabían pocas dudas de que Dominic no estaba disfrutando de la comida. Desde que había llegado a su oficina había notado su resistencia a salir. Si hubiera podido evitar la comida de algún modo, lo habría hecho. Pero, aparte del respeto que Dominic tenía por su abuelo, Jacob estaba gravemente enfermo y le quedaba poco tiempo. Hubiera sido despiadado por su parte negarle ese sencillo capricho.

–Espero que no estés bebiendo demasiado, muchacho –Jacob fue directo y señaló con la cabeza el plato de su nieto–. Apenas has comido.

–No tengo hambre, viejo –dijo con una media sonrisa–. Hace demasiado calor –se llevó el vaso a los labios otra vez–. Sobre todo si se lleva traje.

–Pues cámbiate –exclamó Jacob–. Ya sabes que espero que lleves a Cleo de excursión esta tarde.

–Oh, eso no es necesario... –empezó Cleo, pero su abuelo la ignoró.

–Yo voy a descansar –suspiró–, pero tienes razón, hace calor.

Cleo se volvió a mirarlo. Apenas lo conocía, pero se preocupaba por él.

Dominic también estaba preocupado. Dejó el vino y dijo:

–Quizá deberías decirle a Sam que te lleve de vuelta a casa.

–Aquí puedo descansar tan bien como en casa –replicó Jacob–. Ayúdame a bajar al camarote. Hará más fresco bajo cubierta.

Cleo se mordió ansiosa el labio inferior mientras Dominic ayudaba a su abuelo a levantarse de la silla. Apareció alguien de la tripulación con idea de quitar la mesa, pero Jacob dijo:

–Cleo y Dom no han terminado. Tráele café a mi nieta, ¿quieres? Creo que lo prefiere al vino.

Cuando Dominic volvió, Cleo iba por la segunda taza de café. Lo miró intensamente.

–¿Está bien? –preguntó dejando la taza en la mesa–. Hay aire acondicionado en los camarotes, ¿no? Respirará mejor con menos calor.

–Sí, estará bien –se dejó caer en la silla y la miró fijamente–. ¿Y tú?

–¿Yo? –Cleo consideró recuperar la taza como protección, pero temió verter el contenido–. Estoy bien –miró a su alrededor–. Es un sitio precioso.

–Sí, lo es –suspiró, y se lanzó a la yugular–. Me preguntaba si vendrías.

–Tu abuelo me ha invitado –dijo, y notó que volvía a decir «tu abuelo»–. Además, quería conocer algo de la isla antes de irme.

–¡Te marchas!

–Dentro de unos días. Pensaba que te alegrarías. Si no estoy aquí, no soy una amenaza, ¿no?

–¡Una amenaza! –endureció el tono–. ¿Una amenaza para quién?

–Para ti.

–¿Qué demonios se supone que significa eso? –le dedicó una mirada glacial–. Si estás insinuando que me molesta que el viejo pueda dejarte todo su dinero...

–¡No! –lo miró con angustia–. Jamás he pensado algo semejante –se humedeció los labios–. ¡No puedes pensar que quiero el dinero de Jacob! No me quedaría aquí, no es mi sitio. Sólo... sólo quiero seguir con mi vida.

–Ésta es tu vida –afirmó rotundo, y aborreció la mirada de horror que descubrió en sus ojos. Ella no había entendido que Jacob no la dejaría marchar, no sin condiciones–. Y éste es tu sitio, Cleo. Tanto como el de cualquiera de nosotros.

–No...

–Sí –se levantó de su asiento y ocupó el que había dejado vacío el abuelo al lado de ella–. Eres la hija de Robert. No puedes librarte de eso. Jacob no te dejará.

Cleo suspiró y Dominic se dio cuenta de que estaba temblando.

Tenía que tocarla. Que reconfortarla. Pero en cuanto sus manos contactaron con sus delicados hombros, deseó mucho más. En consecuencia, su voz resultó más áspera de lo que quería.

–¿Resulta tan terrible la perspectiva de quedarse aquí?

–No, terrible no –dijo tensa–. Pero, por favor, deja que marche. Esto no ayuda a nadie.

«A mí», pensó Dominic consciente de su pulsante excitación.

Pero ella tenía razón, se estaba comportando como un idiota.

–¿No te gusta que te toque? –preguntó con voz espesa demasiado consciente del calor de su pierna a través de los pantalones–. Ésa no es la impresión que me ha dado.

–¡Canalla!

La palabra apenas resultó audible, pero el modo en que se levantó de la silla demostró lo enfadada que estaba. Caminó airada por la cubierta hasta la barandilla y por un momento Dominic pensó que saltaría.

Pero lo que hizo fue agarrarse al pretil con las dos manos y mirar al agua. La tensión de sus músculos mostraba el resentimiento que experimentaba.

Dominic se pasó las manos por el pelo consciente de que ése no era el modo en que había pretendido manejar la situación. Ella ya tenía una opinión bastante mala sobre él y la iba a empeorar diez veces más. Aun así algo de ella se había convertido en parte de su ser. Cuando estaba con ella no podía pensar en otra cosa... en nadie más.

El sentido común le decía que se pusiera algo más fresco y la llevara a la ciudad. Le había prometido a su abuelo que se ocuparía de ella y eso no incluía tocarla cada vez que tenía oportunidad. Se puso de pie y contempló esa espalda rígida y después, casi de un modo ajeno a su voluntad, caminó hacia ella.

Se detuvo justo detrás, pero ella no se dio la vuelta. Tenía que haberle oído acercarse, pensó impaciente.

–Háblame –dijo moviendo con su aliento los mechones que escapaban al control del pañuelo–. Maldita sea, Cleo. Yo no soy el único a quien afecta esto. Ayer tú también me deseabas. No puedes negarlo. Si no me hubiera detenido...

Cleo apretó los dientes. No tenía nada que decirle, pero tenía razón. Por muy apasionadamente que tratara de convencerse que la culpa había sido de él, nada podía borrar el que ella se había sentido completamente transportada por sus besos, que se había sumergido en la sensual delicia de su boca.

Su silenció enfadó a Dominic. Arrastrado a una conclusión errónea, hizo algo que jamás habría hecho si ella hubiera reconocido que los dos tenían culpa.

Colocó las manos en la barandilla a ambos lados de

ella. La tenía prisionera entre la barrera metálica y su cuerpo. Entonces ella trató de darse la vuelta, pero él no la dejó. Su aroma y sus movimientos sólo añadían fuerza a su respuesta involuntaria, no había forma de que la dejase escapar.

Se acercó un poco más y le hizo saber lo excitado que estaba. Deslizó una pierna entre las de ella para sentir su sensual calor. El gemido que arrancó de los labios de ella cuando inclinó la cabeza y mordió la suave piel de su cuello casi hizo que se desplomara. Fue tan frágil, tan lleno de angustia... se le hizo un nudo en el estómago. Pero el deseo de darle la vuelta y sentir sus pechos contra su cuerpo lo consumía.

–Dominic...

Su murmullo de protesta sólo añadió urgencia a su deseo de tocarla.

–Te deseo –dijo con una voz apenas reconocible incluso para sí mismo–. No me importa nada más. Sólo quiero sentirte desnuda entre mis brazos.

–¿Y después qué? –lo retó ella aunque su cuerpo traidor se curvaba hacia él.

También deseaba entregarse, pero no podía olvidar quién era él, lo que era: un hombre al que sólo parecían importarle sus propias necesidades.

–Quizá has pensado que de tal palo, tal astilla, que soy como Celeste. Que sólo con que la mirara un blanco... un hombre casado... estaba encantada de meterlo en su cama.

–¡No!

Dominic soltó un juramento con voz áspera. Le dio la vuelta para que lo mirara y le agarró la barbilla con una mano.

–¿Crees que de eso es de lo que va todo esto? –exigió tratando de ignorar los trémulos labios, los ojos que eran el espejo de su alma–. ¿Una especie de deseo enfermo de seguir los pasos de mi padre? –apretó la mandíbula–. Por Dios, Cleo. Pensaba que me conocías mejor.

–¡Pero si no te conozco! –exclamó agarrándolo de los bíceps–. No sé nada de ti.

Trataba de empujarlo, pero no podía, era más fuerte que ella.

–No me conoces –dijo salvajemente pasándole un pulgar por los labios–. Maldita sea, sabes lo que siento por ti.

–¿Sí?

Cleo abrió mucho los ojos y Dominic pudo ver las lágrimas que brillaban en ellos. Y el deseo que sentía de hacerle daño como ella se lo hacía a él fue ahogado por la necesidad de reconfortarla.

–Cleo...

–¿Quiere que recoja ahora, señor Dominic?

Dominic apenas podía creerlo. Uno de los miembros más jóvenes de la tripulación, con menos experiencia, había aparecido en lo alto de las escaleras con una bandeja.

Obligado a soltar a Cleo, Dominic se dio la vuelta dispuesto a negarle el permiso, pero Cleo lo agarró de una manga como silenciosa reconvención.

–Sí –murmuró–. ¿Por qué no? Ya hemos terminado –después, mientras se dirigía a la escalerilla, se volvió a mirar a Cleo–. Espérame, no tardaré mucho.

Capítulo 11

SONÓ el teléfono cuando estaba a punto de salir a correr. Estuvo tentado de ignorarlo, pero podía ser su abuelo y no estaban en el mejor momento de su relación.

–Sí –dijo rotundo, y se puso rígido al oír la voz de Sarah.

Había evitado hablar con ellas los últimos dos días.

Sabía que Cleo no llamaría. Desde la tarde en el yate ni se habían visto ni habían hablado. Sobre todo porque Jacob le había ordenado mantenerse alejado de La Colina de la Magnolia.

Ella había desaparecido cuando había vuelto a la cubierta ese día. El joven auxiliar le había dicho tartamudeando que se había marchado a la ciudad.

Dominic había sabido que era imposible encontrarla. Además había sospechado que encontraría algún modo de volver a casa de su abuelo. Y así había sido. Evidentemente ella no había querido molestar a su abuelo, pero tampoco lo había esperado.

Por eso Jacob no le hablaba. El anciano no había dudado en culpar a Dominic de la súbita marcha de Cleo.

–Será mejor que mantengas las manos quietas de ahora en adelante –había advertido a su nieto no muy convencido de la explicación que éste le había dado–. Si le ocurre algo a esa chica, muchacho, sé perfectamente a quién le echaré la culpa.

Dominic había tenido que aceptar que era lo justo.

Y también que ninguno de los dos había tenido un segundo de paz hasta que Serena había llamado para decir que Cleo había vuelto a casa en taxi.

–Dominic, cariño –la voz de Sarah era sorprendentemente amigable dadas las circunstancias–. ¿Qué has estado haciendo? Llevo días detrás de ti.

–Lo siento –dijo tras un suspiro–. ¿Hay algo urgente de que querías que hablásemos?

–Nada, cariño –ya era menos conciliadora–. ¿Dónde has estado? Le he preguntado a tu abuelo y me ha dicho que él tampoco te ha visto.

Dominic apretó los dientes. Parecía que el anciano estaba decidido a permitir que su nieto tomara las riendas de su vida mientras ello no implicara a Cleo.

–He estado muy ocupado –dijo finalmente despreciándose por mentir así.

Iba a tener que ser sincero con ella, ¿por qué no en ese momento? Pero ¿cómo se le decía a alguien que se deseaba perdidamente a otra mujer? ¿Que desde que había conocido a Cleo no pensaba en otra cosa?

Además, como se repetía constantemente a sí mismo, ese capricho no duraría. Cuando Cleo volviera a Inglaterra, saldría de esa locura que controlaba su vida. Si volvía a Inglaterra.

–¿Qué significa eso? –dijo en tono más frío Sarah–. Tenía la impresión de que tienes auxiliares ejecutivos y directores que se hacen cargo del día a día de la empresa. ¿O en realidad lo que me quieres decir es que has estado tan ocupado con la huésped de tu padre que no has tenido tiempo para mí?

¿Cómo respondía a eso? Era cierto, pero no se lo podía decir por teléfono.

–Vale –dijo finalmente–. Supongo que te he tenido abandonada últimamente, pero... –meditó lo que iba a decir–. Sé que no te gusta Cleo...

–Yo no he dicho eso.

–No ha hecho falta –dijo él–. La noche en casa de mi abuelo prácticamente la ignoraste.

–De acuerdo –pareció ser consciente de que no podía negarlo–. No me gusta. Lo admito. Tampoco le gusta a tu madre. ¡Todo ese jaleo por una cena!

–Una cena que se suponía que sería la bienvenida de Cleo a la isla –replicó notando que perdía el control–. No una excusa para que mi madre y tú le clavaseis las garras.

–¡Dominic!

–Sí, sí –se dio cuenta de que había ido demasiado lejos–. Me he pasado un poco.

–¿Un poco?

–Vale, mucho –dijo hastiado–. Lo siento. Supongo que no estoy del mejor humor.

–¿Es por ella? –dudó un momento–. ¿Por Cleo? Me refiero a que supongo que será muy difícil para ti su estancia en casa de tu abuelo y todo lo demás. Él y tú habéis estado siempre muy unidos, y si está pensando en hacerla su heredera...

–¿De dónde diablos te has sacado eso? –preguntó airado.

Pero lo sabía. Había sido su madre. Eran sus palabras, no las de Sarah.

–Sólo quería decir...

–Sí, sé lo que querías decir –tenía que controlarse, esa situación no era culpa de ella–. Mira, Sarah –empezó y de inmediato se arrepintió–, ¿estás libre al final de la tarde?

–Creo... que sí.

–Bien –reprimió su decepción–. ¿Qué te parece si cenamos juntos? He oído que han abierto un restaurante nuevo...

–Preferiría que cenásemos en tu casa –interrumpió

ella–. Hace siglos que no cenamos juntos. Sólo los dos, ya sabes...

Dominic reprimió una negativa instantánea.

–¿Por qué no? –accedió después de un momento consciente de que sería mejor hablar sin público–. Digamos a... ¿eso de las ocho? ¿Ocho y media?

–¿Tan tarde? –preguntó lastimera, pero tras un suspiro, accedió–. A las ocho. Lo estoy deseando.

–Sí –casi colgó sin responder–. Yo... también.

Cleo salió de la casa por la puerta trasera.

Había descubierto que había una segunda escalera que daba a un vestíbulo trasero y se había acostumbrado a usarla cuando no quería encontrarse con nadie. Lo que solía suceder por la noche después de que su abuelo se hubiese ido a dormir.

Durante el día se había adaptado bien a vivir en la casa, pensó. Quizá haber puesto límite al tiempo que permanecería allí ayudaba.

Le había dejado claro a Jacob que ése no era su sitio. Era la casa de Serena, no la suya. Y parecía haberlo aceptado. En consecuencia sus relaciones con las otras mujeres habían mejorado considerablemente. Desde su discusión en una comida, Lily parecía haber reconsiderado su opinión sobre ella. Incluso le había preguntado por su vida en Inglaterra. Ya no pensaba que fuera una cazafortunas y Jacob estaba tan contento con que estuviera allí que nadie quería negarle esa última oportunidad de ser feliz. La única nube en el horizonte era Dominic.

Habían pasado varios días sin verse. Ella no quería pensar que era la culpable de su alejamiento de su abuelo, pero en el fondo sabía que lo era.

No había nadie y atravesó las dunas hasta llegar a la playa. Se quitó las chanclas y pisó la arena húmeda.

Echaría de menos todo aquello en Inglaterra; también era consciente de que podía no volver a ver a su abuelo. Casi se echó a llorar. Desde que había llegado a San Clemente se había vuelto muy emotiva y siempre estaba al borde de las lágrimas. Como cuando Dominic la había besado por primera vez. Y después de su enfrentamiento en el yate.

Lo deseaba, tenía que admitirlo. Exactamente como él había dicho, pero ella lo había negado. Aunque no con palabras, huyendo. ¡Qué convincente era eso!

Echó a andar a toda prisa y se dio cuenta de que se le acababa la playa. Una línea de rocas separaba esa cala de la siguiente. Se calzó y subió las rocas.

La playa del otro lado era impresionante. La luna iluminaba la arena y la idea de seguir era tentadora. Nadie la echaría de menos. Lily había salido y Serena se había retirado a sus aposentos.

Bajó por el otro lado y llegó a la playa y allí volvió a quitarse las sandalias. Caminó unos doscientos metros y vio una casa. La sorpresa hizo que se detuviera en el acto.

La casa tenía un solo piso, era de ladrillo viejo. Quizá no era tan grande como la de los Montero, pero aun así era impresionante.

Así que había entrado en una propiedad privada. Esa playa pertenecía a la casa que tenía las luces encendidas. Las puertas que daban a una azotea estaban abiertas y por ellas salieron un hombre y una mujer. Al hombre lo conocía muy bien y a la mujer apenas: Sarah.

Supo que debía volver por donde había venido. Nadie la vería si se quedaba en la sombra. Era evidente que se trataba de la casa de Dominic. La casa de la que debía de haber salido cuando se habían encontrado en la playa aquella mañana.

No se movió. Dominic y Sarah estaban discutiendo.

Más bien la que discutía era Sarah, el silencio de Dominic era una señal de su estado de ánimo. Sarah lo acusaba de algo y lo señalaba con el dedo. Después se acercó más a él y le dio una bofetada. El sonido fue audible y Cleo se cubrió la boca con una mano. ¿Qué estaba sucediendo?

Dominic se quedó paralizado. No hizo nada. Y Sarah empezó a llorar de un modo incontrolable. Tenía que marcharse, se dijo. Ya. No era más que una mirona, una espía.

–¿No tienes nada más que decir?

Las palabras de Sarah de pronto fueron audibles y Cleo, en lugar de marcharse, se acercó más para ocultarse detrás de unos arbustos. Dominic miró en su dirección y pensó que la había descubierto, pero no hizo nada, así siguió allí sin moverse.

–Me marcho –dijo Sarah secándose los ojos con un pañuelo de papel–. No creo que tenga sentido que me quede más tiempo, ¿no?

–Probablemente no –dijo Dominic en tono neutro.

–Eres un canalla, Dominic Montero –lo acusó amargamente–. ¡Te odio! –Dominic siguió sin decir nada–. No puedo hablar contigo cuando te pones así. Me marcho a casa.

Entró a grandes zancadas en la casa y un momento después se oyó el motor de un coche. Entonces Cleo se dio cuenta de que había estado conteniendo la respiración. Espiró y se humedeció los labios.

–Ya puedes salir.

Su alivio había durado poco. Levantó la cabeza y vio a Dominic mirándola apoyado en la barandilla. La contemplaba con una mezcla de curiosidad y burla.

Sí la había visto antes.

Capítulo 12

QUIZÁ no quiera salir –dijo enrollándose nerviosa la coleta en un dedo–. ¿Cómo sabías que estaba aquí?

–Oh, por favor –su suave voz hizo que se le disparara el pulso–. Si quieres espiar por la noche, no te vistas con una camiseta blanca.

–Es color crema, no es blanca –se miró la ropa.

–Oh, perdón –dijo sarcástico–. No te pongas una camiseta crema, entonces.

–En cualquier caso, no quería espiar –añadió a la defensiva–. No sabía que ésta era tu casa.

–¿No?

–No, hasta que te he visto, no –estaba indignada–. Siempre vienes a La Colina de la Magnolia en coche.

–Sí –aceptó esa afirmación–. Diez kilómetros por carretera y poco más de uno por la arena.

–Creo que debería irme...

–¿No quieres ver dónde vivo?

Claro que quería, pero dijo:

–No especialmente –y añadió–: Serena se estará preguntando dónde estoy.

–¿Tú crees? –arqueó las cejas sabiendo que era mentira–. Si conozco a mi querida tía, seguramente ya estará en la cama viendo un culebrón. Le gustan mucho. ¿Lo sabías?

Cleo se encogió de hombros haciendo que uno de

las tirantes de la camiseta se deslizara por su brazo. Lo volvió a colocar rápidamente.

–Se ha ido a su habitación, es todo lo que sé.

–Créete lo que digo –frunció el ceño impaciente consigo mismo por volver a enredarse con ella–. Bueno, ¿quieres tomar algo? Sin alcohol –añadió–. Después te llevo a casa.

–Puedo irme sola a casa, gracias –dijo firme.

Sería una locura aceptar la invitación. No confiaba en él y después de ver cómo había tratado a Sarah...

–No sé yo... –dijo él en tono despreocupado–. La marea está subiendo y esas rocas mojadas son peligrosas.

¿Por qué había dicho eso?, se preguntó Dominic frustrado. ¿Por qué insistía sabiendo lo peligrosa que era ella para su paz mental?

Cleo se dio la vuelta y miró ansiosa hacia el océano. Estaba claro que la distancia entre el agua y ella se había reducido. Dominic notó su indecisión.

–¿Por qué... por qué debería confiar en ti, en que me llevarás a casa? –preguntó, pero él habría dicho que se estaba debilitando–. Has sido cruel con Sarah, se ha ido llorando.

–No tengo intención de discutir mi relación con Sarah contigo –dijo rotundo. Se separó de la barandilla–. Haz lo que quieras.

Cleo suspiró y miró a la playa. Las olas empezaban a romper contra las rocas.

Dominic había entrado en su salón y se había servido otro whisky cuando oyó las pisadas en los escalones de fuera. Se miró en un espejo y pensó que invitarla a su casa era la mayor locura que había hecho en su vida. No quería que ella estuviese allí, no quería sentir su inconfundible fragancia en lugares que consideraba su territorio.

A pesar de la química sexual que había entre ellos, algo que no podía negar, no había forma de que pudieran tener una aventura. Ella no había perdonado cómo su padre había tratado a su madre y, si la historia se repetía, él no quería tomar parte en ella.

Pero la deseaba. Eso era un hecho. La deseaba con una urgencia que no había sentido antes.

No había sido una noche muy agradable. Odiaba hacer de malo. Normalmente sus relaciones terminaban de mutuo acuerdo. ¿O no? Quizá sólo se había engañado a sí mismo. Si tenía que creer a Sarah, su reputación era espantosa. Pero ¿entonces por qué había salido con él? Estaba empezando a pensar que habría sido mejor quedar en el restaurante. Con gente alrededor, Sarah no le habría acusado de engañarla. Tenía la idea equivocada de que se había acostado con Cleo. ¡Completamente equivocada! Aun así lo había amenazado con contarle a su abuelo que estaba decidido a tener una aventura con Cleo. Tenía que haberse puesto a llorar antes, pensó con cinismo. Pocos hombres eran inmunes a las lágrimas de una mujer.

Cleo se detuvo en el umbral de la puerta y esperó. Él no se volvió. Inmediatamente no. «Que sude un poco», pensó cruel.

Entonces ella carraspeó y Dominic sintió un nudo en el estómago. No podía hacerle eso.

–Vamos, pasa –se volvió a mirarla– y cierra la puerta antes de que nos coman vivos.

Cleo dudó un momento, después entró a las frías baldosas de mármol y cerró la puerta. Estaba en una enorme sala, muy bonita, con altos techos. La madera oscura destacaba sobre las paredes color claro.

Había varias sillas y sofás por todo el espacio, algunas en cuero color miel, otras de terciopelo. Y una gruesa alfombra china en cremas y topacio.

La gran chimenea de piedra estaba llena de flores exóticas. Su imagen se reflejaba en el espejo que había encima del hogar.

Dominic estaba de pie al lado de la chimenea con un vaso en la mano que pensó sería de whisky. No llevaba corbata y la camisa estaba desabotonada hasta el pecho. La camisa era negra, como los pantalones.

Estaba guapísimo, pensó Cleo, y sintió pesadez en los miembros y humedad entre las piernas. Deseó sentarse con todas sus fuerzas. Aunque no fuera nada más que para ocultar el temblor de las rodillas.

Mientras tanto Dominic se enfrentaba a sus propios demonios. Sabía mejor que nadie lo peligrosa que era la situación. Nunca le había pasado algo así antes, pero eso no alteraba el hecho de que en ello había cierta inevitabilidad.

Notaba su propio deseo en la intensidad de su erección y se maravillaba de que sólo unos minutos antes, cuando Sarah había intentado excitarlo, no había reaccionado en absoluto.

La sangre le latía intensamente en las venas. Se sentía al mismo tiempo enfadado y vulnerable. ¿Habría perdido para siempre el control de su vida?

Cleo esperaba que él dijera algo y Dominic señaló con un gesto de la cabeza un mueble bar que había a un lado del salón.

–¿Puedo ofrecerte algo de beber? ¿Algo sin alcohol?

–Gracias –Cleo hacía un gran esfuerzo por recordar por qué había entrado allí. No había sido un acto muy inteligente–. Una cola estaría bien –hizo una pausa–. Si tienes.

Dominic sacudió la cabeza y cruzó el salón en dirección al bar. Sacó una lata y pensó que al menos no había el peligro de que ella se emborrachara y perdiera el control.

Como él...

Daba lo mismo, que estuviera en su casa ya era un tormento. Estaba tan increíblemente atractiva con esa minúscula camiseta y los pantalones cortos. Por desgracia la recordaba perfectamente sin ropa. Sintió frustración, abrió la lata y la sirvió en un vaso. Le puso una pajita y decidió que cuando se terminara el refresco la llevaría a casa de su abuelo. Sería más seguro estar rodeados de gente.

Sus dedos se rozaron cuando le entregó el vaso y sus buenas intenciones se evaporaron. Sabía que tenía que alejarse de ella, pero se quedó quieto. La miró beber con la pajita y se imaginó esos labios. Lo que dijo a continuación le conmocionó casi tanto como a ella:

–Vamos a la cama –dijo bruscamente sabiendo que no tenía sentido negar lo que realmente quería.

Cleo abrió mucho los ojos y susurró incrédula:

–¿Qué has dicho?

Como si quedara alguna duda.

–Creo que has oído lo que he dicho –respondió áspero dejando su vaso en una mesa y quitándole a ella el suyo–. He dicho que nos vayamos a la cama. Quiero hacer el amor contigo.

Cleo lo miraba desconcertada. Eso no podía estar sucediendo, se dijo. No después de todo lo que había pasado antes. Sabía lo que pensaba ella de la relación de Robert con su madre. ¿Cómo podía pedirle que se fuera a la cama con él sabiendo cómo había terminado la otra aventura?

Daba lo mismo que sus palabras le hubieran hecho hervir la sangre, o que ella hubiera pensado lo mismo un instante antes. Se sentía avergonzada por siquiera pensarlo, más después de la escena que había visto con su novia.

Casi jadeando, le dijo:

–¿Qué pasa, que Sarah te ha rechazado?

–No se puede rechazar algo que no se ofrece –dijo en tono glacial–. Si quieres capítulo y versículo, ha sido Sarah la frustrada, no yo.

–Pero... ¿por qué? –estaba confusa–. Pensaba que la deseabas.

–Eso pensaba yo también –dijo rotundo–. Pero desafortunadamente, no –suavizó su mirada–. Te deseo a ti.

–No... no lo dices en serio.

–Oh, vamos –estaba impaciente–. No puedes negar que hay algo entre nosotros. Lo sentiste esa mañana en la playa y lo sabías cuando estuvimos en el yate. Por eso huiste.

–Yo no huí.

–Bueno, tu abuelo jura que él no te llevó.

–Jacob estaba dormido y no quería molestarlo.

–Ya –respondió sarcástico–. Y supongo que no me oíste pedirte que me esperaras.

–Lo oí.

–¿Entonces?

–Me... me aburría.

–¿Conmigo?

Cleo no pudo responder a eso. Sacudió la cabeza y se dio la vuelta.

–Interpretaré eso como un no, ¿puedo? –preguntó suavemente, y Cleo notó su aliento dándose cuenta de que se había acercado más.

–Puedes tomarlo como quieras –murmuró sintiendo que se rendía–. Esto... esto no va a suceder, Dominic.

–¿No?

Sus hombros eran tan tentadores que, inclinando la cabeza, Dominic se permitió pasar la lengua por uno de ellos.

–No –dijo poco convencida–. No... no hagas eso, por favor.

–¿Por qué? –empujó el tirante de la camiseta y su cuerpo se disparó al descubrir que no llevaba sujetador–. ¿No te gusta que te toque?

«Demasiado», pensó ella temblorosa haciendo un gran esfuerzo para no apoyarse en él.

–Vamos –insistió bajando la mano desde el hombro al pecho–. Me deseas, ¿por qué no lo admites? Y sabes que yo te deseo.

–No... no puedo.

–Sí, puedes –le rodeó la cintura con un brazo atrayéndola hacia él–. ¿Lo notas? –dijo con voz ronca–. Dime que tú no sientes lo mismo.

–No.

–Bueno, no es precisamente lo mismo, obviamente –murmuró impaciente–. Pero apuesto a que, si deslizo un dedo debajo de tus pantalones...

–¡No te atrevas!

–Vale, vale –dijo, y para su estupor, le bajó el otro tirante de la camiseta. Le cubrió los pechos con las manos y dijo áspero–: No juegues conmigo, Cleo. Te necesito.

–No me necesitas –protestó Cleo con fuerza–. Quieres acostarte conmigo. Di las cosas como son, parece que es como te gusta hablar.

–Vale –reprimió un gemido cuando el cuerpo de ella lo rozó–, vale. Quiero acostarme contigo –hizo un sonido amargo–. Por favor, no me digas que no te has acostado nunca antes con un hombre.

Cleo temblaba.

–No estoy diciendo eso –dijo.

Aunque las dos veces que había compartido cama con un hombre no era que hubiera sido algo memorable.

–¿Entonces?

–¿Entonces qué?

–Entonces ¿por qué no lo hacemos y dejamos los dos de sufrir? –planteó sin mucha decisión–. Es lo que quiero y es lo que quieres...

–No es lo que quiero, yo quiero... –no acabó la frase porque le dio la vuelta y la besó.

La resistencia de Cleo se desmoronó. Apenas podía respirar, mucho menos pensar. Su lengua se deslizó caliente y hambrienta entre sus dientes y ella se entregó.

Dominic tuvo que hacer un gran esfuerzo para no acostarla en la alfombra y quitarle esos pantalones cortos que lo torturaban y...

En lugar de eso, sin dejar de besarla, la tomó en brazos y la sacó del salón. El pasillo que llevaba a su dormitorio nunca le había parecido más largo, pero al final abrió la puerta de un empujón.

El mayordomo había encendido las luces de la habitación, pero las contraventanas estaban echadas. Una enorme cama cubierta con una gruesa colcha ocupaba el mejor lugar de la habitación. Cerró la puerta de una patada tras él y la llevó a la cama donde la dejó.

La colcha estaba fría y, cuando Dominic se irguió, pudo ver lo bonita que era la estancia.

Maderas claras, amplios ventanales y una alfombra suave como el terciopelo en el suelo. Era su habitación, su cama, pensó. Donde él dormía. Donde seguramente se acostaría con Sarah.

¿Por qué no la horrorizaba estar allí? Debería.

Pero Sarah no tenía por qué enterarse jamás, se dijo.

¿Y no sería eso lo que su padre le habría dicho a su madre?

Capítulo 13

DOMINIC se quitó la camisa y se acostó a su lado. Cleo quedó momentáneamente deslumbrada por la belleza de ese hombre. Era todo piel bronceada, fuerte y masculino. Y la deseaba, a ella.

Se puso encima de ella y le separó las piernas, frotó su velludo pecho contra su piel, tensos músculos contra sus pechos.

–Dios, no sabes cuánto he deseado hacer esto –dijo él con voz ronca, y Cleo cerró los ojos.

Tenía una idea aproximada, pensó. Probablemente tanto como ella. La cabeza le daba vueltas por su proximidad, por su aroma a jabón de afeitar y a hombre.

Cuando se echó hacia atrás para acariciarle los pechos, tembló. Sus pulgares desgastaban los duros pezones y sentía el fluir de su propia excitación.

–Esto... esto es una locura, lo sabes –dijo ella en un jadeo, abriendo los ojos al notar que su boca ocupaba el lugar de las manos–. Por Dios, ¿qué haces?

Dominic alzó la cabeza para mirarla.

–¿No te gusta? –preguntó soplando suavemente sobre el pezón húmedo, y ella asintió.

–Nadie... ningún hombre... ninguna mujer me ha... me lo ha hecho antes.

La satisfacción llenó la expresión de Dominic.

–Así que eres virgen en cierto sentido –murmuró suavemente.

En muchos sentidos, pensó ella deseando tener más experiencia en la materia. Deseando, también, que Dominic le quitase el resto de la ropa.

Dominic le desabrochó los pantalones cortos y se los bajó por las piernas acompañados de la braga del biquini, se dio cuenta al sentir el aire frío en la piel.

–Por favor... –protestó, pero Dominic inclinó la cabeza y le acarició el vientre con la nariz.

–Déjame –dijo él con la voz ronca.

Cleo notó que unos dedos apartaban los rizos del vértice de sus piernas y llegaban a sus labios.

Dominic notó la humedad, notó la pequeña sacudida que sufría ella cuando la acariciaba. Y retiró los dedos y acercó los labios.

–Oh, Dominic –dijo conmocionada, y esa vez él sí pareció entender lo que sentía.

–No me detengas, corazón –susurró él–. Resultas tan deliciosa como pareces.

Pero entonces, cuando ella abrió mucho los ojos y el color le tiñó las mejillas, le dio lástima.

–Vale, vale –dijo rodando al lado de ella.

Con una sonrisa, se desabrochó el cinturón con un gesto rápido. Se bajó los pantalones sin trazas de timidez. Dejó a la vista unas largas y fuertes piernas cubiertas de oscuro vello. Y Cleo, al mirarlo, quedó hipnotizada por su masculinidad, por el abultado miembro que salía orgulloso de entre sus rizos.

Era tan grande, pensó. Se le aceleró la respiración. Contempló su erección y tragó con dificultad. ¿Sería bastante mujer para él?

Una diminuta gota brillaba en la punta del glande y Dominic notó que ella la miraba.

–¿Te he dicho que te deseo? –preguntó antes de inclinarse a besarla.

Después, le agarró una mano y la llevó hasta su sexo.

Volvió a besarla mientras notaba el inocente deslizamiento de sus dedos, sabiendo lo cerca que estaba del límite.

Respiró hondo, y dijo:

–Bueno, tomemos eso como un calentamiento –dijo entrecortadamente.

La mano de ella seguía explorando y sabía que no aguantaría mucho más.

Le soltó el cabello y enterró las manos en la vibrante masa.

–Estoy loco por ti –cubrió su frente y mejillas con besos–. Quiero estar dentro de ti, ser parte de ti. No quiero saber dónde acaba mi cuerpo y empieza el tuyo.

Su boca volvió a la de ella, caliente y exigente. Y la de ella se abrió para él; después siguió besándola hacia los pechos, más abajo por el trémulo vientre, la aspereza de la barba resultaba un sensual abrasivo contra su piel.

Notaba la respuesta de ella en el modo en que su cuerpo se arqueaba y lo rodeó con una pierna.

Cleo gemía con una sensualidad que mecía su universo. Era consciente de que jamás había deseado así a una mujer.

Cuando su lengua llegó a su centro, ella se agitó como forma de protesta, pero sin retirarse, Dominic le apartó los femeninos pliegues para hacer salir su capullo inflamado de deseo.

–No... no puedes –dijo ella en un jadeo cuando le separó del todo las piernas y comprendió qué pretendía.

–Oh, sí, sí puedo –dijo áspero saboreando su esencia–. Estás tan preparada, sería tan fácil hacerte llegar ya.

Cleo lo sabía. Sentía cómo su urgencia lo encendía.

–No, así no –susurró ella agarrándolo del pelo para

que se apartara–. Dominic, te quiero a ti. Quiero sentirte dentro. No... no sólo tu lengua.

–Lo sé –rugió, y reacio se movió sobre ella–. Pero sabes tan rica. Quiero más. Más de todo. Más de ti.

Tenía las piernas abiertas y la pasó una mano por debajo de las nalgas para acercarla más. Por un momento ella sintió pánico al recordar lo grande que era, preguntándose si podría con ello.

Pero entonces, con un sencillo movimiento él hizo que su sexo rozara la húmeda entrada. Y después se deslizó suavemente en su suave envoltorio.

Su cuerpo se expandió automáticamente. La gruesa erección la dilataba y la llenaba con una completitud que no había sentido antes. Contuvo el aliento y él se echó hacia atrás para mirarla.

–¿Te he hecho daño? –preguntó, pero su mirada sensual fue respuesta suficiente.

–No, no me has hecho daño –dijo con la voz quebrada pasándole un dedo por los labios–. Es increíble. Eres increíble –se pasó la lengua por los labios–. No pares.

–Como si pudiera –dijo él.

Se echó hacia atrás y después hacia delante clavándola al colchón, haciendo que la fricción de sus cuerpos resultara una torturante provocación.

Pero él no podía prolongar la experiencia. Por mucho que deseara que su primera consumación durase para siempre, no podía. Cleo estaba demasiado caliente, demasiado ansiosa, era demasiado deliciosa como para permitirle tomarse su tiempo.

Era deliciosa, le encantaba, le enseñaba que había tanta satisfacción en dar como en recibir. Sentía que su cuerpo ardía. La sensación era tan intensa que pensó que los dos arderían.

Sus movimientos se aceleraron al entregarse a la urgencia del momento. Cada vez que estaba con esa mujer aprendía cosas sobre sí mismo que no sabía.

Notó el palpitante pulso del cuerpo de ella, el revelador estremecimiento que le decía que había llegado al clímax. Sus músculos que se cerraban sobre él, el gemido de placer, la sensual oleada de su liberación.

Su propio orgasmo siguió al de ella casi de inmediato. Su cuerpo se sacudió mientras sus semillas salían de él, un cálido fluir que lo debilitó y lo dejó temblando de alivio.

A Cleo le daba vueltas la cabeza. Había sido así desde que Dominic se había empezado a mover, desde que había notado el roce de su bello púbico contra su centro.

La sensación que él había despertado ni siquiera sabía que existiera. El orgasmo que había experimentado no tenía nada que ver con lo que conocía hasta ese momento.

Y se dio cuenta de que lo relativo al sexo no había formado parte de sus preocupaciones.

Su cuerpo se sacudía, aún notaba las punzadas de placer como secuelas de lo que había sucedido. Ocasionalmente sentía una punzada en su interior, el suave calor del sexo de Dominic aún dentro de ella.

Y entonces se dio cuenta con otra punzada de que no habían usado protección. Ella no lo había ni pensado y sospechó que Dominic era lo último que había tenido en la cabeza cuando había penetrado en ella, piel con piel.

Se estremeció. No era el momento del mes en que era fértil, pensó. Podría haberlo sido y podría haberse encontrado exactamente en la misma posición que su madre.

La idea le hizo pensar y con una ligera sacudida intentó separarse de él. Pero Dominic no estaba dormido. Notó el endurecimiento de su sexo al instante cuando fue consciente de lo que ella trataba de hacer.

–Eh –dijo áspero agarrándole el rostro con las dos manos y besándola–. No te marches. Sólo estaba disfrutando de la sensación de estar así, anticipando el siguiente momento –sonrió–. ¿Qué crees que debería ser?

–Yo no... esto es... Tengo que irme –dijo rompiendo la unión–. Por favor, ¿puedes moverte? Quiero levantarme.

–Y yo no quiero que te levantes –respondió con una sonrisa–. Quiero volver a hacer el amor –le pasó el pulgar por los labios–. Toda la noche, si puedo.

–No...

–¿Qué quiere decir no?

Parecía un poco frustrado, y Cleo deseó no tener que hacer lo que iba a hacer, pero las cosas habían ido demasiado lejos y tenía que poner fin a todo aquello.

–Quiero decir... –se humedeció los labios buscando las palabras adecuadas para decirle cómo se sentía–. Ha sido realmente... realmente...

–¿Bueno, mediocre, qué? –se apoyó en los codos y la miró–. Vamos, di las cosas como son.

–Oh, por favor... –gimió–. Vale, ha sido... maravilloso –admitió reacia, y de inmediato se arrepintió por haber sido tan sincera cuando él la besó en la boca con ansia.

–Sí, para mí también –murmuró él acariciándole el rostro con una mirada de deseo.

–Pero... –notó que se endurecía dentro de ella.

–¿Pero qué?

–Ha sido bueno... mejor que bueno, pero no puedo seguir.

–¿Por qué no?

El cuerpo de él estaba perdiendo su respuesta instintiva, y Cleo deseó no tener que hacer aquello.

–Sabes por qué –dijo firme–. Por... –hizo una pausa–. Por favor... no me hagas decir su nombre.

–¿Sarah? –Dominic frunció el ceño–. Claro, te refieres a Sarah.

–¿A quién si no? No puedes hacer como si no existiera.

–¡Señor! –dijo impaciente–. ¿Tenemos que hablar de Sarah ahora? –resopló–. ¿Sabes lo que creo?, que utilizas a Sarah como excusa. Si estás tan desesperada por escapar de mí, sé mi huésped.

Cleo lo miró un momento. Después, reuniendo todas sus fuerzas, salió de debajo de él.

Evidentemente su retirada sorprendió a Dominic, que se puso bocarriba protegiéndose el sexo con la mano.

Mientras tanto, Cleo rodó por la cama en un esfuerzo de poner distancia entre los dos.

–No te preocupes –dijo tenso–. No pienso saltar sobre ti, Cleo. Por Dios, tenemos que hablar de esto como personas adultas.

–¿Te refieres a lo de repetir nuestras historias? –dijo sin aplacarse por su atractivo–. Oh, sí, seguro que eso fue lo que le dijo tu padre a mi madre.

–¿A qué viene eso?

–Tenía una relación ilícita con él –replicó Cleo llena de dolor–. Y, en muchos sentidos, lo nuestro es igual.

–¡No, no lo es! –dijo airado–. No hay nada ilícito en nuestra relación. Por Dios, somos dos adultos que hemos consentido libremente. Sólo tenemos que tenernos en cuenta a nosotros.

–¿Eso es lo que piensas? –dijo con voz trémula–. Dudo que tu madre esté de acuerdo.

–¡Mi madre no tiene nada que decir sobre esto! –exclamó enfurecido–. Cleo, soy un hombre adulto y tomo mis propias decisiones.

–Ya me he dado cuenta –miró a su alrededor buscando la ropa.

Vio la braga en el suelo y se apresuró a ponérsela sin mirarlo. Nunca se había vestido delante de un hombre y le resultaba aún más difícil por lo que se había dicho. Pero no podía refugiarse en el cuarto de baño aunque quisiera. No mientras la ropa estuviera esparcida por la habitación.

–¡Cleo, por favor!

–No hay nada más que decir –dijo recuperando la camiseta y poniéndosela.

Tenía el pelo revuelto, pero al menos estaba casi vestida. Buscó los pantalones y los recuperó con alivio.

–¡No digas eso! –dijo Dominic cada vez más enfadado.

Se había sentado en el borde de la cama y la miraba, y Cleo no podía dejar de pensar en cómo habían llegado a esa situación.

¿Pero qué había esperado? Había quebrantado las normas y tenía que pagar por ello. Era por Sarah por quien tenía que sentirlo, no por ella.

–Cleo –volvió a empezar Dominic–, no me hagas esto –suspiró–. Vamos, quédate a pasar la noche.

–Sabes que no puedo –trató de ponerse los pantalones de pie sin caerse–. Fue bonito mientras duró, pero no pretendas que ha sido algo más que sexo. Puro y simple sexo.

–No hay nada puro –replicó él–. Tampoco simple. Al menos en lo que a mí respecta. Ha sido muy complicado. Es muy complicado. ¿Crees que quería que esto sucediera?

–¿Crees que lo quería yo? –dijo indignada mientras luchaba con el botón del pantalón–. ¡Maldición! Esto no ha sido idea mía.

–Tampoco mía –suavizó el tono. Cleo se había acercado un poco a la cama y la agarró de la cintura del pantalón–. No te lo abroches –dijo colocándola entre sus piernas–. Déjame quitártelo y vuelve a la cama.

–¡No! –se alejó de él, y se detuvo cuando la distancia fue suficiente–. Quiero volver a casa de tu abuelo –se sorprendió de la decisión que oyó en su propia voz–. Has... has dicho que me llevarías.

–Sí, eso he dicho –cerró los ojos un largo minuto.

Ella tenía razón, pensó agotado. Había prometido llevarla a casa. Pero, maldición, eso había sido antes de perder la cabeza.

–Cleo, corazón... –hizo un último intento, pero ella no mostró interés.

–No me llames así –cuadró los hombros–. ¿Vas a vestirte o tengo que llamar un taxi?

–Pues que tengas suerte –dijo seco–. No sé si hay taxis en San Clemente que trabajen después de medianoche.

Cleo no podía creerlo. No podía ser más de medianoche. Pero lo era.

El reloj de la mesilla decía que pasaban veinte minutos de esa hora. Había salido poco después de las nueve.

–Vale, es tarde. Así que... ¿vas a llevarme o me voy andando?

–Como si te fueras a arriesgar a caminar casi diez kilómetros a oscuras –se burló–. Eso si supieras cuál es el camino...

–Siempre puedo volver por donde he venido –respondió desafiante–. La marea ya habrá empezado a bajar.

–¿Eso crees?

–Oh, venga –dejó caer los hombros–. Por favor, Dominic, no me hagas que te lo ruegue.

Dominic la miró sin expresión. Se encogió de hombros y se levantó de la cama. Abrió un armario, sacó unos pantalones cortos y se los puso. Se abrochó el cinturón, pero se dejó abierto el botón. Después, sin preocuparse de ponerse una camisa, señaló la puerta.

–Después de usted.

Cleo lo precedió al salir. Aún temía que pudiera detenerla. Pero él no lo hizo.

Aquello era mucho peor de lo que había imaginado. Tenía el corazón desbocado y arrastraba los pies. No quería dejarlo, reconoció amargamente. Quería quedarse, estar con él. Pasar el resto de la noche haciendo el amor. Lo amaba.

La constatación la conmocionó. Y la aterrorizó. Después de todos sus esfuerzos para negarlo, para decirse a sí misma que jamás haría lo que había hecho su madre, se había enamorado de él.

¡Qué locura! Dominic no la amaba. La deseaba, eso sí se lo creía, pero desear no era lo mismo que necesitar y lo que acababa de suceder lo demostraba.

Capítulo 14

SERÍA posible que lo arreglaras todo para que pudiera volver a mi casa? Preferiblemente hoy.

Era al día siguiente por la mañana y, tras algunas preguntas, había encontrado el camino a los aposentos de Serena.

La mujer la había saludado al entrar en su habitación esperando que fuera alguien del servicio. Se había sorprendido considerablemente al ver a Cleo.

–¿A tu casa? –repitió aún con el camisón de seda mientras desayunaba en su balcón–. ¿Sabe algo mi padre?

–No lo sabe nadie –dijo rotunda–. Y quiero tenerlo todo arreglado antes de decírselo a Jacob –hizo una pausa–. Sospecho que no querrá que me marche, pero...

–¡Sospechas! Cleo, sabes que no estará de acuerdo. Quiere que te quedes aquí.

–Bueno, pues no puedo –estaba decidida–. Lo siento. Voy a echarlo de menos... a todos –añadió arrepentida–. Pero lo entiendes, ¿verdad? Tengo mi vida en Inglaterra.

–No sé qué decir.

–No tienes que decir nada –se humedeció los labios–. Creo que sabes mejor que nadie que mi estancia aquí no funcionaría.

–Al principio –dudó un momento–. Al principio eso era lo que pensaba, pero las cosas han cambiado.

–No, no han cambiado.

Lo último que quería era que ella intentara convencerla de que se quedara. Se había dicho que estaba preparada para decepcionar a Jacob. Mucho más que eso sería difícil de manejar.

Y después de lo ocurrido la noche anterior, era imposible que se quedara allí. No era su madre. Nunca se había confirmado con ser una segundona. Y había quedado claro que lo que Dominic quería era una aventura.

No había dormido nada y no pensaba con mucha claridad, pero una cosa parecía completamente obvia: tenía que marcharse antes de perderse el respeto a sí misma.

La noche anterior había sido machacante, especialmente el silencioso trayecto de vuelta a casa. Dominic no había dicho nada, salvo para que se pusiera el cinturón y, cuando había llegado, sólo la cortesía le había impedido marcharse antes de que ella hubiera entrado.

Por suerte la puerta trasera estaba abierta y se había despedido de él con un gesto de la mano desde el umbral. Entonces se había dado cuenta de lo vulnerable que era. Le habría gustado contemporizar con él y lo haría si se quedaba. Era sólo cuestión de tiempo que se rindiera. Y eso no podía suceder.

–¿Esto tiene algo que ver con Lily? –preguntó Serena, y Cleo se planteó usar a la madre de Dominic como excusa.

Pero no, de hecho Lily se había convertido en la última de sus preocupaciones. Dudaba que alguna vez llegara a gustarle, pero se había ganado su respeto.

Que se desvanecería si descubría lo que había pasado entre ella y Dominic, reconoció con amargura.

–Sólo quiero volver a casa –dijo sencillamente, y Serena sacudió la cabeza.

–Sabes que mi padre considera que ésta es tu casa,

¿verdad? –protestó–. Nadie sabe el tiempo que le queda. ¿Puedes dejar tu vida en suspenso unas semanas más?

–Sabes que sólo me dieron permiso para quince días.

–Pero estoy segura de que en estas circunstancias...

–No –odiaba rechazarla, rechazar a Jacob, pero ¿qué podía hacer?–. Tengo que volver –insistió–. Sabes que la gente no me acepta aquí.

–Están empezando –dijo persuasiva–. Tienes que darles tiempo para que se acostumbren y te conozcan. Nadie sabía de tu existencia hasta hace unas semanas.

–¿Crees que se me ha olvidado?

Había dolor en las palabras de Cleo. Había pensado que no le importaría, pero sí lo hacía.

Y entonces Serena hizo algo que Cleo jamás había pensado que haría: se acercó y la abrazó.

–Tienes que olvidar el pasado, cariño –dijo con ternura–. Créeme, todos nos arrepentimos de cosas que hemos hecho, cosas que no hemos hecho. Yo más que la mayoría.

Cleo había sucumbido al abrazo, pero un momento después se echó hacia atrás y la miró.

–¿Qué quieres decir?

–Oh... –hizo un gesto irónico–. ¿No te ha hablado mi padre de Michael Cordy?

Cleo se ruborizó y asintió en silencio.

–Veo que sí –dijo–. ¿Te contó que me pidió que me casara con él? No una, sino varias veces –sonrió–. Y yo, como una tonta, lo rechacé. Tenía la idea equivocada de que mi padre me necesitaba.

–Seguro que era así, Serena –jamás había imaginado que reconfortaría a su tía–. Cuando tu madre murió, debió de quedar desolado.

–Supongo que sí –movió la cabeza hacia los lados

en un gesto que expresaba duda–. Pero yo no era mujer suficiente para él. Siempre me ha machacado. Aún lo hace si le dejo.

–¡Oh, Serena! –sintió mucha comprensión hacia ella–. Te quiere. Sabes que es así. Quizá su enfermedad...

–¿De verdad piensas que su enfermedad ha cambiado un ápice el modo en que me trata, lo que piensa de todos nosotros? –dijo desdeñosa–. ¿Sabes?, quizá no debería tratar de convencerte de que te quedes. Si lo haces, hasta Dios sabe que tu vida dejará de ser tuya.

Cleo suspiró y se separó reacia de los brazos de Serena.

–Tengo que irme –dijo con la esperanza de que no le preguntara por más razones–. ¿Harás lo que te he pedido?

–¿Y arriesgarme a recibir la ira de mi padre?

–Voy a decirle lo que pienso hacer –dijo Cleo firme–. No me marcharía sin despedirme.

–Bueno, pues buena suerte –dijo irónica–. Creo que eso demuestra que realmente eres su nieta –sacudió la cabeza–. Salvo Dominic, todos nos rendimos a él, de una u otra manera –hizo una pausa–. Pero hablaré con Rick Moreno. Es le piloto que te trajo. Vuela a Nassau con una empresa de transporte. Quizá pueda conseguir que te lleve.

–¿Cuándo?

–Oh... ¿cuándo? En un día o dos.

–¿Mañana?

–Cleo... –suspiró.

–Por favor.

–Haré lo que pueda, pero no te prometo nada. Tu abuelo tendrá algo que decir sobre eso.

–Gracias –en un impulso, se acercó a ella y la besó en la mejilla–. Te lo agradezco.

–Me gustaría que no lo hicieras –sacudió la cabeza–. Estábamos empezando a conocernos.

Cleo sonrió sincera. Salió de la habitación y, al cerrar la puerta, notó que le corrían las lagrimas.

Dominic estaba sentado en su escritorio mirando al infinito cuando sonó su móvil. Lo abrió y parpadeó al ver quién llamaba.

–¡Abuelo! –dijo forzando un tono neutral–. Menuda sorpresa –el anciano no dijo nada–. ¿A qué debo este placer?

–Como si no lo supieras.

El enfado en su voz era casi palpable, y Dominic se pasó una mano por el rostro.

–Vale –dijo–, supongo que tiene que ver con Cleo.

–Eres muy agudo, eso tengo que reconocerlo –dijo sarcástico–. No podías mantener las manos quietas, ¿no? Después de haberme jurado que no querías arruinar su vida como su padre arruinó la de su madre.

–No lo he hecho.

Pero el anciano no escuchaba.

–Sólo dime una cosa: ¿te has acostado con ella?

–¿Con Cleo?

–No me tomes por tonto, muchacho. Sabes de quién estoy hablando.

–Sí, me he acostado con ella.

–¡Maldito seas!

–No es lo que crees, abuelo.

–¿No? Ahora me vas a decir que le has pedido que se case contigo. Oh, no, claro que no, el matrimonio no está entre tus planes.

–Abuelo...

–Me pones enfermo, ¿lo sabías?

–Si me dejas hablar...

–¿Para decir qué?

–Que la amo, maldita sea –exclamó áspero–. Eres implacable, ¿verdad?

Hubo un largo y pesado silencio. Dominic había esperado que su abuelo diría algo, aunque sólo fuera para llamarle mentiroso, pero Jacob no decía nada y eso era más perturbador que su ira.

Dominic empezó a dar paseos por su despacho. Se acercó a la ventana.

–Bueno –dijo finalmente–. ¿No tienes nada que decir?

–Es demasiado tarde.

Las palabras de Jacob se le clavaron como una espada en el pecho.

–¿Qué quieres decir con que es demasiado tarde? –gruñó–. Te he dicho que la amo. Y es así. Voy a verla hoy para decírselo...

–Pues deberías haberlo pensado mejor –dijo con desprecio–. Claro, que supongo que todo esto es nuevo para ti. Normalmente no piensas en casarte con las mujeres que te acuestas.

–Esto es diferente –murmuró–. Necesitaba tiempo para pensar.

–Seguro que sí –le espetó–. De todos modos, olvídalo. Es demasiado tarde. Se ha ido.

–¿Cleo? –sintió frío en la boca del estómago–. ¿De qué demonios hablas?

–Debería haberme dado cuenta de que era obvio –dijo frío su abuelo–. Se ha ido esta mañana.

–¡Estás de broma!

–¿Bromearía sobre algo así? Se ha ido, ya te lo he dicho. No ha escuchado nada. He tratado de convencerla de que se quedara hasta el final de sus dos semanas libres, pero ha dado igual.

–¡Jesús!

–Podrías considerar la posibilidad de llamarla para disculparte, muchacho, porque estoy seguro de que a mí me va a costar perdonarte.

–Iré a buscarla.

–No –dijo en tono autoritario–. ¿No te parece que ya has hecho bastante daño? Me ha dicho que no quiere volver a verte, y la creo. Si quieres hacer algo útil, sugiero que te aclares tú. ¿O romper con Sarah Cordy ya no es tan urgente cuando la chica a la que has seducido ha dejado la isla?

–Esa acusación es asquerosa, incluso saliendo de ti.

–Sí –de pronto pareció agotado–. Sí, lo es. Y puede que no totalmente justificada. Eres joven. ¿Por qué no te ibas a permitir algunas alegrías? Yo también lo hice. Pero sabes lo que siento por Cleo. ¿No podías haberte quitado el calentón con otra?

–No ha sido un calentón –protestó.

–Lo que fuera. Ya da lo mismo.

–No da lo mismo –se pasó las manos por la cabeza–. Voy a ir a buscarla. La traeré de vuelta. Si le digo cómo te sientes...

–¿Te crees que no se lo he dicho yo ya? Por Dios, Dominic, he hecho todo lo que he podido para convencerla, pero estaba decidida y ahora me doy cuenta de que tenemos que dejar que lo haga. Al menos una temporada. Me ha prometido que volverá si la necesito. Y no quiero que tú, especialmente tú, hagas nada que enturbie las aguas. ¿Me has oído?

Cleo estaba en la cola del mostrador de British Airways cuando oyó su nombre.

–¿Cleo? –repitió la mujer–. ¿Te marchas?

Cleo dudó un momento antes de volver y encontrarse con Sarah Cordy.

–Hola –dijo reacia. No le apetecía hablar con la novia de Dominic en ese momento–. Sí, tengo que volver a Londres.

–¿De verdad? –abrió mucho los ojos–. Un poco repentino, ¿no? Entendí por lo que me dijo Dom que te quedarías dos semanas.

–Cambio de planes –dijo escueta agradeciendo que le tocara el turno–. ¿Vas tú también a Londres? –esperó que no, sería insoportable.

–Oh... –pareció desconcertada un momento–. No. He venido para reunirme con un socio de Dominic. Me ha pedido que viniera a buscarlo. Creo que me está preparando para... bueno, ya sabes.

Sabía. Se refería a cuando estuviese casado. Se preguntó si el corazón podía romperse en dos.

–Bueno, creo que su vuelo acaba de aterrizar –continuó Sarah–. Será mejor que me vaya. Buen viaje.

Cleo asintió, pero la partida de Sarah apenas supuso un alivio.

Mientras le entregaban la tarjeta de embarque, otra idea apareció en su cabeza. Si Sarah había ido a buscar a un socio de Dominic, estaba en la zona equivocada del aeropuerto.

Se encogió de hombros y olvidó la idea. ¿Qué sabía ella de aeropuertos? Estaría feliz cuando estuviera metida en el avión. Hacía dos días que había salido de San Clemente y era el primer billete que había podido conseguir.

Capítulo 15

NORAH se encontró con Cleo en el descansillo de la escalera.

Era evidente que la estaba esperando, y Cleo se acordó del día en que Serena la había abordado en el supermercado.

Habían pasado tres meses desde que había vuelto a Londres. Tres meses y ya había llegado la primavera. Había narcisos en el parque y patos en las charcas y el calor llenaba el aire.

No la clase de calor que había conocido en San Clemente, reconoció Cleo, pero Inglaterra tenía otros atractivos. El primero la sensación de normalidad, la vuelta a los lugares familiares, las vistas y los sonidos que amaba.

Por supuesto, también amaba a su abuelo. Esa constatación la había llegado en la oscuridad de su dormitorio y le había costado algunas noches sin dormir. Se preocupaba por él y esperaba poder compensarle por el modo en que había salido de la isla.

Pero vivir en San Clemente no era una opción. Iría a verlo si tenía que hacerlo, pero no podía quedarse allí y ver constantemente al hombre que amaba.

Oh, sí. La sensación de que se había enamorado de él esa noche en su casa no había cambiado. Amaba a Dominic, pero no permitiría que la historia se repitiera.

Por lo menos no estaba embarazada.

Al ver a Norah en la escalera, la miró con preocupación.

–¿Qué pasa? –preguntó Cleo con un nudo en el estómago–. Oh, Dios, no será mi abuelo, ¿no?

–No sé por qué está aquí –dijo Norah–. Ella no me lo ha dicho.

–¿Ella? –se le secó la boca–. ¿Te refieres a Serena? ¿Está aquí?

–No es la mujer que vino la otra vez, pero creo que también se llama Montero –abrió las manos–. Bueno, sólo quería advertirte. Después de la última vez...

Cleo cerró los ojos mientras cruzaban el descansillo. Sintió un fuerte deseo de darse la vuelta y salir corriendo, pero no podía dejar sola a Norah. El problema era que sólo había dos posibles Montero: o Sarah, porque Dominic se hubiera casado, o Lily. Y estaba casi segura de que ésta no sería. Pero lo era.

Sorprendentemente, Lily estaba sentada en su destartalado sofá. A pesar del calor que hacía en el apartamento, llevaba puesto un abrigo de cachemir cerrado hasta el cuello.

Norah se retiró a su dormitorio.

–He hecho un poco de té –dijo antes de desaparecer–. Si necesitas algo más, Cleo...

–Gracias –Norah desapareció–. Hola... señora Montero. Menuda sorpresa...

–Una conmoción, creo –por una vez pareció cercana y sonriente. Después, como si ella fuera la anfitriona, dijo–: ¿Te sientas? Tengo que hablar contigo– respiró hondo–. Estoy muy preocupada.

Cleo no se movió.

–El abuelo –dijo temerosa y consciente de que lo había llamado así por primera vez–. ¿Ha pasado algo? ¿Está peor? –se le quebró la voz–. Se ha... se ha...

–Jacob está bien –aseguró Lily rápidamente–. Bueno,

tan bien como se puede esperar. ¿No es eso lo que se dice siempre? –dio una palmada en el sofá–. Por favor, siéntate. Me pones nerviosa.

Cleo se quitó la chaqueta y se sentó en el sofá.

–Vale –dijo–. Me lo creo. ¿Por qué está preocupada?

–Pareces muy seca, querida. Aunque supongo que yo no te lo puedo reprochar.

–Nadie puede –no iba a discutir con la madre de Dominic sobre su hijo–. Pero estoy muy cansada, ha sido un día largo.

–Y lo último que esperabas era encontrarte conmigo, ¿no?

–Francamente, sí.

–Es comprensible –miró hacia la cocina–. ¿Sabes? Creo que ahora sí que me tomaría ese té.

Cleo dejó a un lado el resentimiento y se puso de pie. Fuera lo que fuera lo que pasaba, no se iba a enterar hasta que Lily estuviera lista y cómoda.

¿Qué podía ser? ¿Habría descubierto lo suyo con Dominic? ¿Le preocuparía que pudiera estar embarazada?

Para ella no se preparó té. Le preparó uno con leche a Lily y preguntó:

–¿Azúcar?

–No, así está bien –dijo probándolo–. Los ingleses hacéis muy bien el té.

Cleo estuvo tentada de decirle que no era inglesa, pero lo dejó. Se sentó.

–Bueno, ¿va a decir qué ha venido a contarme? Si le preocupa que esté pensando en irme a vivir a la isla, puede estar tranquila, me quedo aquí.

–¿Eso vas a hacer? –hizo una mueca de disgusto aunque acababa de decir que le gustaba el té–. Espero que cambies de opinión –dejó la taza en la mesa–. Sí, cariño. Lo digo de verdad. Por la salud mental de mi hijo. Creo que tienes que volver.

–¡Dominic! –dijo casi sin pensar–. ¿La envía Dominic?

–¡Cielos, no! Se pondría furioso si se enterara de que estoy aquí. Sólo... sólo su abuelo sabe dónde estoy. Como yo, Jacob haría cualquier cosa por su nieto –juntó las manos sobre el regazo–. Me preocupa que haga algo terrible, Cleo. Ha cambiado mucho desde que te fuiste. Creo... creo que ya no lo conozco.

–No comprendo... –dijo desconcertada.

–Su abuelo también está muy preocupado. Se culpa de mucho de lo que sucede –hizo una pausa y continuó reacia–. Dom quería venir a buscarte, ¿sabes?, pero Jacob le hizo jurar que no haría nada sin su consentimiento. Insistió en que tú no querrías verlo. Creo que incluso Jacob pensaba que tú cambiarías de opinión con el tiempo.

–¿Cambiar de opinión? –la miró, y Lily asintió.

–Deberías saberlo ya –dijo la mujer–. Tu abuelo equipara todo con el dinero. Estaba seguro de que saber que eras su legítima heredera te persuadiría para volver.

–¡Me da lo mismo el dinero!

–Ya, se ha dado cuenta de eso ahora –suspiró–. Pero yo no estoy aquí por Jacob. Quiero que sepas que mi hijo te necesita. Jamás pensé que diría algo así, pero en estas circunstancias no tengo muchas más opciones.

Cleo sacudió la cabeza.

–¿Y qué pasa con Sarah? –le temblaban las manos y las rodillas.

–Ah, bueno... –dijo distraída Lily–. Supongo que yo esperaba que saliera algo de esa relación –suspiró–. Era una chica encantadora y tan apropiada... –se interrumpió de pronto como si se diera cuenta de con quién estaba hablando–. Pero Dominic no la quiere. Según tu abuelo, está enamorado de ti... –se llevó la taza de té a los labios con una mano temblorosa–. No es que lo haya comentado con nadie –siguió con la voz tambaleante–. No habla de sus sentimientos –dejó la taza en la mesa–. Pasa todo el tiempo en Dios sabe dónde, en ese maldito avión sobrevolando la isla o en su despacho. Es complicado verlo. Me temo que está haciendo todo lo posible para morir.

Cleo la miró. Otra exageración, supuso.

–Dominic tenía más sentido común que todo eso.

–¿Cómo lo sabes? –la miró con resentimiento–. No eres su madre, yo sí.

–Sigo sin creer que Dominic haga una locura –dijo obstinado–. Seguramente Sarah...

–Sarah se ha marchado –dijo Lily–. Los Cordy tienen familia en Miami y he oído que se ha ido allí con ellos –dudó una momentos–. De hecho llegó a dejar la isla, pero apareció al día siguiente dispuesta a perdonar a Dominic. Creo que alguien debió de decirle que habías vuelto a Inglaterra y habrá pensado que tenía otra oportunidad.

Cleo se quedó boquiabierta. Recordó el encuentro en el aeropuerto. Ahí se había enterado y había vuelto a San Clemente.

–Lo siento –dijo, pero Lily no se mostró muy comprensiva con la otra chica.

–Los Corby siempre han deseado La Colina de la Magnolia –dijo sin darle importancia–. Como Michael no tuvo éxito con Serena, pondrían su vista en su sobrino. Dudo que hubiera una pizca de amor en todo eso, cariño. Por los dos lados. Aunque la madre de Sarah y yo convenciéramos a la gente de que sí. En cuanto os vi a Dominic y a ti, supe que eras tú la elegida.

–No me lo puedo creer.

–¿Por qué no? –entornó los ojos–. Te sientes atraída por mi hijo, ¿no? No es sólo una de las partes, ¿no?

–No –agachó la cabeza–. Pero yo no le gusto, ¿verdad?

El silencio que siguió a la pregunta fue formidable. Cleo sabía que había ido demasiado lejos. Entonces, con un suspiro, Lily dijo:

–Estaba... resentida contigo, Cleo. Tengo que admitirlo. Me recordabas tanto a Celeste. Quería a tu madre, ya lo sabes, y me traicionó. No tenía ni idea hasta que Jacob nos dijo lo que Robert había hecho.

–Lo siento –dijo temblorosa.

–Sí –Lily alzó los hombros–. Estaba deshecha cuando Celeste murió y su madre se llevó al bebé. Robert después me dijo que había muerto también y no tuve ninguna razón para no creerlo. No sabía nada de lo que habían acordado con los Novak. La primera vez que oí hablar de ti fue cuando Jacob soltó la bomba. Y cuando llegaste ya me había convencido de que tú eras tan culpable como Robert...

–Me han dicho que mi padre arregló mi adopción para no herirte.

–¡Herirme! –dijo con amargura–. Me temo que te envió lejos para protegerse. Celeste había muerto, la única testigo de su traición. Fue una forma de librarse del problema y asegurarse de que tú siempre tendrías un hogar en condiciones.

–¿Pero por qué? –estaba confusa–. Si nadie sabía quién era mi padre...

–Te pareces mucho a él –dijo Lily–. Lo debió de notar de inmediato. Sus ojos, su nariz, su boca. Incluso tienes alguno de sus gestos. Sabía que yo descubriría que era tu padre y no podía permitirlo.

–Pero creía... como usted no podía tener hijos...

–Adoptamos a Dominic, ¿no? No había ninguna razón para que no te adoptase a ti –suspiró–. Mi querida niña, por eso me dijo que habías muerto. Por encima de todo, tú eras la hija de mi medio hermana.

–Me temo que yo no... –empezó Cleo.

–Robert –sonrió– no era el primer miembro de mi familia que engañaba a su esposa, Cleo. Cleopatra Dubois, tu abuela, la persona por la que te pusieron tu nombre, fue la amante de mi padre años antes. Se suponía que era un secreto. Se suponía que los hijos no lo sabíamos, pero todo el mundo lo sabía. En una isla como San Clemente es complicado mantener un secreto.

–Mi padre sabía eso, claro –dijo sin dejar de mirarla sorprendida.

–Claro –dijo resignada–. Sabía quién era años antes de que Celeste viniera a vivir con nosotros. Pero después de que adoptamos a Dominic, necesitaba ayuda en casa, alguien que se ocupara de él cuando yo no estaba. Celeste se ofreció y yo acepté. Éramos amigas además de hermanas, por extraño que parezca.

Cleo empezaba a entender. Muchas cosas encajaban. Pero Lily no había terminado.

–Robert ocultó su aventura con Celeste tanto porque no quería hacerme daño, como porque se sentía culpable. Tu padre era arrogante en muchos sentidos, Cleo, pero lo quería. Prefiero no pensar qué habría pasado si Celeste y tú hubierais sobrevivido.

Capítulo 16

RESULTABA extraño volver a San Clemente. Se bajó del pequeño avión que su abuelo había enviado a buscarla a Nassau y miró a su alrededor con una extraña sensación de volver a casa.

Era ridículo, San Clemente jamás había sido su hogar. Su padre se había encargado de eso. Y fuera lo que decía el abuelo: que Robert amaba a las dos y no quería hacer daño a Lily; o lo que decía ésta: que era un egoísta que había tratado de ocultar su culpa, jamás sabría por qué lo había hecho.

El hecho era que empezaba a ver que ella era la víctima inocente del deseo de su madre y la lujuria de su padre.

Vio una alta silueta a la sombra de los edificios del aeropuerto.

–Dios mío –jadeó en un tono apenas audible.

Era Dominic. Su abuelo había dicho que iría a buscarla en persona. ¿Qué demonios hacía Dominic allí?

–¿Está usted bien, señorita Novak? –preguntó Rick Moreno, el piloto.

–Sí... sí, estoy bien –tartamudeó consiguiendo poner un pie delante de otro para avanzar–. Gracias, señor Moreno. Debe de haber sido el sol.

–Muy bien.

Rick llevaba la maleta y, cuando vio a Dominic, lo saludó con la mano, sonriente.

–Eh, señor Montero –dijo–. Me alegro de verlo –señaló la maleta–. ¿Tiene un coche para que guarde esto?

–El... el señor Montero a lo mejor no ha venido a buscarme –dijo Cleo a toda prisa–. ¿No ha venido Jacob?

–No.

La respuesta de Dominic no había sido muy efusiva, pero al verlo entendió por qué había ido Lily a buscarla tragándose su orgullo. Su aspecto daba muchas respuestas.

Parecía demacrado. Había perdido peso y la ropa le quedaba floja.

–El coche está allí –dijo, y Rick asintió y se marchó.

Dominic no dijo nada, y ella, sintiéndose obligada a romper el silencio, dijo:

–Pensaba que vendría a buscarme tu abuelo.

–Eso pensaba yo.

De nuevo otra respuesta que daba miedo. Pero ella insistió:

–Bueno, gracias por venir de todos modos –murmuró–. ¿No deberíamos seguirle? –señaló a Ricky.

–¿Qué estás haciendo aquí, Cleo? –preguntó finalmente en tono glacial–. Entendí que le dijiste al viejo que no querías volverme a ver.

Oh, se mordió el labio inferior. ¿Cómo se suponía que se respondía a eso? Había dicho eso y más, pero las circunstancias eran distintas.

–La gente cambia –se encogió de hombros.

–¿Sí? –no parecía muy convencido–. ¿O es que hay otras personas que hacen que cambie? Sobre todo si alguien les hace sentirse culpables.

–¡Sentirse culpables! No... –Cleo le agarró de una manga, pero él se soltó–. No entiendes.

–No, no entiendo nada –reconoció áspero–. Pero quiero que sepas que sea lo que sea lo te ha dicho mi madre, no es más que hablar por hablar. No te quiero aquí, Cleo. No te necesito. Y si soy yo la razón por la que te has tragado ese estúpido orgullo tuyo, ¡entonces olvídalo! En lo que a mí respecta, puedes volver por donde has venido.

Cleo hizo un gesto de dolor. Había elegido bien las palabras para hacerle daño, lo había conseguido. Pero algo le decía que Lily no había mentido. Lo que vio en los ojos de Dominic le hizo decir:

–Mi origen está aquí, Dominic, ¿no lo recuerdas? Fuiste tú quien me lo dijo.

–¿Crees que me importa lo que te dije para que te quedaras? –apretó la mandíbula–. Mi abuelo se estaba muriendo, se está muriendo, y habría dicho cualquier cosa para que no te subieras a un avión. Pero esto... –hizo una gesto de impaciencia–. Esto es distinto. Si estás aquí ahora, no es por algo que yo haya dicho.

Cleo apretó los labios. Iba a ser más duro de lo previsto. Si no lo hubiera conocido, habría dicho que la odiaba. Quizá la odiaba, después de todo, el odio estaba cerca del amor, a veces.

Con un supremo esfuerzo forzó una sonrisa.

–Bueno, vamos a tener que vernos, ¿no? –dijo con el tono que habría usado con un niño–. ¿Nos vamos?

–No seas condescendiente, Cleo.

–Ni soñaría con serlo –dijo encantada antes de volverse hacia el piloto–. Gracias, señor Moreno. Es usted un cielo.

Rick sonrió, pero al ver la expresión de Dominic, se puso serio.

–Gracias, señorita Novak –dijo asintiendo a Dominic–. Vuelvo a volar esta noche, señor Montero. ¿Va a necesitarme mañana?

–Ya se lo haré saber –dijo brusco, y de inmediato se despreció por hablarle así.

Las últimas semanas habían volado juntos, y Rick siempre había sido agradable y educado.

–Sí, señor –dijo Rick, y desapareció dentro de la terminal.

Cleo se dirigió la Rolls-Royce, abrió la puerta del acompañante y se metió dentro. Dominic fue al sitio del conductor. Cleo lo miró y pensó en cómo podía llevar chaqueta con el calor que hacía.

Un suave olor a jabón llenó el vehículo cuando él entró. Lo miró y vio que tenía el pelo húmedo. Se había duchado o en su casa o en la oficina, aunque no se había afeitado.

Sintió algo dentro al pensar que había hecho algo por ella. Una contradicción con su afirmación de que quería que se marchase. ¿O se estaba agarrando a un clavo ardiendo?

Aún no tenía ni idea de cómo iba a manejar la situación, ni siquiera de si sería capaz de hacerlo.

Respiró hondo y miró en dirección a él. Tenía que entablar una conversación, pensó, antes de que llegaran a La Colina de la Magnolia y se marchara sin decirle nada.

–¿No tienes calor? Supongo que vienes de la oficina, pero ¿no puedes quitarte la chaqueta?

–¿De verdad piensas que eso es de tu incumbencia? –respondió sin mirarla–. Apuesto algo a que te llevaste el susto de tu vida cuando mi madre llamó a tu puerta.

–¿Cómo...? –no terminó la frase al ver el duro gesto de él.

–¿Cómo sé que fue a verte? Me lo dijo ella. Creo que quería impresionarme.

–Y claro, no te impresionó –dijo tensa–. Estaba preocupada por ti –añadió–. Parece que esos días no te veía nunca.

–Sí debía de estar preocupada para ponerse en contacto contigo –dijo cruel.

–Vaya, gracias –dijo intentando no parecer afectada–. Supongo que era el último recurso.

Dominic frunció el ceño. A pesar de lo dolido que estaba con ella, no quería hacerle daño. Y eso, pensó, que ella no se merecía tantas contemplaciones, prácticamente le había quitado las ganas de vivir. Y ésa era una pesada carga.

–Mira –dijo airado–, no hagamos como si realmente quisieras venir aquí. Y no te creas ni por un momento que sabía lo que iba a hacer mi madre. No lo sabía. Y si lo hubiera sabido, la hubiera detenido. ¿Por qué no puede dejarme vivir tranquilo?

–¡Dirás morir! –exclamó apasionada, y él la miró incrédulo–. ¿Qué estás haciendo contigo mismo? –se le quebró la voz en un gemido–. ¿Qué te he hecho yo?

El coche se detuvo en seco y la pequeña camioneta que los seguía casi se cayó por el acantilado al intentar evitar la colisión. El conductor alzó un puño amenazante y siguió su camino, pero Dominic no le prestó ninguna atención. Su mirada estaba clavada en Cleo.

–Madre mía, sí que debió de montarte el número –exclamó él–. ¿Qué demonios te ha dicho? Ha debido de ser algo muy fuerte para que hayas vuelto a San Clemente.

Cleo buscó un pañuelo en los bolsillos, pero se los había dejado en el equipaje. Dejó de buscar y se pasó el dorso de la mano por la nariz.

–Quería volver. He querido volver todos los días desde que me fui.

–Sí, vale –dijo sarcástico sacando unos pañuelos de la guantera. Se los dio–. Eres muy buena, Cleo, eso te lo reconozco –dijo con una fría sonrisa–. ¿A quién se le ha ocurrido esa explicación? No me lo digas: a mi madre.

–No ha sido a tu madre –respondió dura–. No es una farsa. Si escucharas lo que tengo que decirte...

–Oh, sí. Y se supone que tendré que creerme que sólo esperabas una invitación para volver...

–No, una invitación no –suspiró–. ¿Puedes intentar mirar las cosas desde mi lado?

–¿Por qué tendría que hacerlo? Has tenido el valor de presentarte aquí con la esperanza de hacerme sentir lástima de ti. No te he pedido que volvieras. Y te has creído lo que te ha dicho mi madre de que yo estaría deseando verte.

–¡Oh, Dominic! –lo miró entre las lágrimas.

Nunca habría creído que pudiera ser tan cruel, y pensar que Lily podía haberse equivocado hizo que se sintiera mareada.

–Tienes... tienes que entender cómo me sentía cuando me marché de aquí –intentó expresarse–. Vale, nos acostamos juntos y eso fue... fue asombroso...

Dominic la miró incrédulo, pero después volvió a mirar al mar con una sonrisa. No podía ser cierto, sería otra táctica de su madre.

–... pero no podía ser tu amante.

–¿Te pedí yo que fueras mi amante? –preguntó lleno de ira–. Será mejor que hagas memoria, yo no recuerdo haberte dicho nada semejante.

–No –rugió Cleo–. En realidad no dijiste algo así...

–¡Gracias por reconocerlo! –dijo sarcástico.

–Pero... pero estaba segura de que eso era lo que querías.

–¿De verdad? –la miró con ojos oscuros–. Y pretendías saber lo que yo pensaba lo mismo que sabías mejor que yo lo que quería aquella noche en mi casa, ¿no?

–Eso ya te lo he explicado.

–¿Sí?

–Sí –se humedeció los labios–. ¿No puedes comprender que esto es una lucha para mí? Pensaba... pensaba que tenía que alejarme de ti antes... antes de hacer algo de lo que me arrepentiría.

–¿Como volver a acostarte conmigo? –hizo una mueca–. Sí, ya veo que eso sería un problema para ti.

–¡No seas imbécil! –lo miró fijamente–. Estaba enamorada de ti, ¿vale? Y tenía miedo de sufrir –se cubrió las mejillas con las manos–. Puedes echarle la culpa a mi madre si quieres, pero ése no era el problema.

–¿Por qué pensabas que te haría sufrir?

–Por Sarah –respondió llanamente–. Pensaba que ibas a casarte con ella, y no habría podido soportarlo.

Dominic reprimió un poderoso deseo de abrazarla, pero no podía ignorar lo que había dicho Sarah...

–¿Cómo explicas entonces lo que le dijiste a Sarah en Nassau?

–¿Sarah? –parpadeó y se frotó las mejillas–. ¿Qué se supone que le dije?

–¿No le dijiste que no querías volverme a ver jamás?

–Claro que no –dijo horrorizada.

–Pero no niegas que hablaste con ella.

–Apenas fue una conversación –protestó–. Y tu nombre ni salió, bueno, sí, me dijo que la habías mandado a recibir a un socio o algo así...

–¿Qué? –su gesto era de incredulidad, y de pronto Cleo cayó en lo que había pasado.

–No había ningún socio, ¿verdad? Tu madre me dijo que Sarah se había marchado de la isla, pero no lo relacioné.

–¿Relacionaste qué?

–Que lo que ella quería era que yo pensase que seguíais juntos.

–Pero ¿cómo podías pensar algo así? –tenía que hacer un gran esfuerzo para controlar la euforia que sentía dentro–. Tú viste lo que pasó entre Sarah y yo. Maldita sea, tuviste que oír algo desde donde estabas escondida.

–No me escondía –murmuró–. ¡Esas cosas no se me dan bien!

–Mejor que a mí –musitó él–. Debería haber sabido que la súbita debilidad de Jacob era demasiado conveniente. Supongo que sabe lo vulnerable y débil que soy.

Cleo no se lo podía creer. Deseó acariciarle el pelo mojado, tomar su rostro entre las manos y hacerle saber que su vida no valía la pena sin él. Pero no era tan valiente.

–Así que has vuelto porque mi madre te metió el miedo en el cuerpo.

–No –alzó la cabeza–. He vuelto porque me convenció de que me necesitabas.

–¿Y lo sigues pensando?

–No sé qué pensar –confesó áspera–. Pero... pero ahora que te he visto...

–¿Sí?

–Creo que podría ser cierto.

–¿Estoy tan mal?

De pronto Cleo no pudo soportarlo más. Sin importarle lo que pensaría, lo agarró del cuello y lo besó despiadadamente.

Era la primera vez que hacía algo así, pero sabía que tenía que hacer algo para quebrar su férreo control. Y aunque sus labios eran fríos, rápidamente cedieron a su presión y notó esa innegable química que había entre ambos.

–Maldita sea Cleo –dijo ronco agarrándola de los hombros para tomar el control del beso.

La apoyó contra el cuero del respaldo y la besó más profundamente mientras sentía que su ira se desvanecía ante la deliciosa vulnerabilidad de ese cuerpo.

Cleo sintió un profundo alivio al notarlo, lo abrazó y se entregó por completo al beso.

Pero no era suficiente. Agarró las solapas de la chaqueta y se la empezó a bajar por los hombros, siguió con los botones de la camisa.

Dominic jadeó torturado cuando notó sus manos sobre el cuerpo y su boca buscó el cuello de ella. Sentía deseo, fiebre, y cuando ella gimió de placer sintió que su propia necesidad le explotaba dentro.

–Tenemos que salir de aquí –murmuró sin dejar de besarla mientras sus manos encontraban los pechos.

Deseaba acariciarla más íntimamente de lo que permitía la situación.

La dejó en su asiento, se quitó la chaqueta y la arrojó al asiento trasero.

–¿Adónde vamos? –preguntó Cleo temiendo que fueran primero a casa de Jacob.

–Bueno, a ver a tu abuelo no, que espere un poco el viejo demonio.

–¿Qué quieres decir?

–Sabía lo que hacía cuando me mandó a buscarte –dijo escueto–. Me juró que estaba demasiado cansado para ir él, y Serena, convenientemente, estaba ausente.

–¿Y piensas que...?

–Sí, lo pienso –dijo sinceramente–. Sabe lo que sentía por ti y no podía convencerme de otro modo de que te viera.

–¡Dominic!

–Es la verdad –sonrió–. Pensaba que volvías porque te lo había dicho mi madre. Y no quería tu... lástima.

–¡Mi lástima! –se quedó sin aliento–. Oh, cariño...

–La cosa es que él no podía volverle a pedir a Lily... Así que yo era la única opción. Al menos eso me ha dicho.

–¡Gracias a Dios! –dijo, y le acarició un muslo.

–Por favor –dijo con voz ronca–. No hagas eso.

–¿Por qué? –sonrió malévola–. ¿No te gusta?

–Te responderé en Cala Tortuga –dijo con una mirada que lo prometía todo.

El camino de vuelta pareció dudar una eternidad. Pero finalmente entraron por las puertas de piedra que señalaban el límite de la propiedad y llegaron a la casa.

Dejaron el coche en la explanada y, antes de llegar a la puerta, ya estaban abrazados.

Ambrose, el mayordomo, apareció un instante, pero rápidamente se quitó de en medio. Su sonrisa fue de satisfacción.

Se detuvieron en el vestíbulo el tiempo justo para que él le quitara la camiseta y ella a él la camisa. Después corrieron al dormitorio.

A Cleo le resultó extraño ver la habitación a la luz del día, pero era tan bonita como recordaba. Dominic era igual de guapo, pensó mientras se seguían quitando ropa.

Después él la tumbó en la cama y notó su caliente excitación entre las piernas.

–Te deseo... tanto –murmuró apasionado.

Y Cleo se entregó a las necesidades físicas de la pasión...

Epílogo

CLEO aún tenía el pelo mojado. Un mechón caía sobre la almohada, y Dominic lo tomó entre los dedos.

Le gustaba todo en ella, pensó llevándose el mechón a los labios.

Después de la primera vez que habían hecho el amor de forma frenética, se habían duchado juntos. Y había disfrutado de enjabonar cada centímetro de su cuerpo. Frotarse mutuamente los había excitado otra vez y habían vuelto a hacer el amor bajo la ducha. La había sujetado contra la pared y ella lo había rodeado con las piernas.

Sorprendentemente, habían vuelto a hacerlo al volver a la cama.

Cleo era la mujer que amaba y no iba a separarse de ella jamás. Se pertenecían; siempre lo habían hecho. Y se sentía agradecido a su abuelo. Sin la intervención del anciano jamás la habría conocido.

Cleo dormía. Estaría agotada. Él también estaba muy cansado, pero no quería perderse ni un minuto de esa bendición. Ya tendría tiempo de dormir cuando estuvieran casados. ¡Casados!

Cleo Montero, sonaba realmente bien.

Fuera oscurecía y no había echado las cortinas. Le daba igual si se acercaba alguien, su madre o Serena, y miraba por la ventana. No tenía nada que ocultar, nada de qué avergonzarse.

Cleo se movió y preguntó:

–¿Qué hora es?

–Sobre las seis –dijo él con suavidad–. ¿Tienes hambre? Puedo decirle a Ambrose que nos prepare algo.

–¿Esto es real? –dijo ella con expresión soñadora–. ¿De verdad estamos juntos? ¿No es un sueño?

–Sí lo es, yo sueño lo mismo –dijo acariciándola–. No, corazón, no es un sueño, estás en mi cama.

–Me gusta –murmuró encantada–. Pero supongo que debería ir a ver a... nuestro... abuelo. Se estará preguntando qué pasa.

–Bueno, creo que se hace una idea –dijo escueto–. Debe de haber convencido a todos de que estoy enamorado de ti. ¿Por qué si no mi madre se ha tragado su orgullo y ha ido a verte?

–¿Crees que estará preocupado? –preguntó ansiosa Cleo–. No me gustaría que empeorara.

–Si está preocupado, tiene parte de culpa. Estaba tan seguro de que te darías cuenta de a qué renunciabas, económicamente, que pensaba que volverías.

–¡Pero si nunca he querido su dinero!

–Bueno, ahora lo sabe y creo que le ha venido bien enterarse.

–Pero está bien, ¿no?

–Está bien, pero nadie sabe cómo va a evolucionar.

–Bueno, me alegro. Quiero volver a verlo, me he dado cuenta de que le tengo mucho cariño.

–Eso es bueno... ¿Y a mí?

–Sabes que te amo –dijo en un susurro–. Tanto. Por eso me marché. No podía soportar verte con Sarah.

–Era imposible que me casara con ella con lo que sentía por ti –dijo solemne.

–Ya, pero hay tantas similitudes entre nuestra relación y la de mis padres. Temía que volviera suceder.

–¿Que estuvieras embarazada? No lo estás, ¿verdad? –preguntó, y ella soltó una risita.

–Aún no –concedió, y él hizo una mueca.

–Bueno, mejor, te quiero sólo para mí una temporada.

–No te merezco –le acarició una mejilla.

–No –sonrió–, pero te lo perdonaré.

Hubo un silencio y después Cleo dijo:

–Lily me dijo que Celeste era medio hermana suya, ¿lo sabías?

–¡Diablos, no! Mira tú, mi abuelo materno no era tan estricto como se pensaba.

–Tu madre me contó que mi padre no era el primer hombre que quedaba prendado de una Dubois.

–Ni el último –le recordó él–. No te olvides de que también eres una Dubois.

–Lo había olvidado.

–Pero hay una diferencia –dijo Dominic.

–¿Qué diferencia?

–Bueno, yo voy a tener el honor de casarme con una Dubois, si ella quiere –le acarició los labios con el pulgar–. ¿Me aceptas, Cleo? ¿Completarás el círculo y serás mi esposa?

Y, por supuesto, Cleo dijo sí.